我能把生活过得很好

梁实秋 著

目录

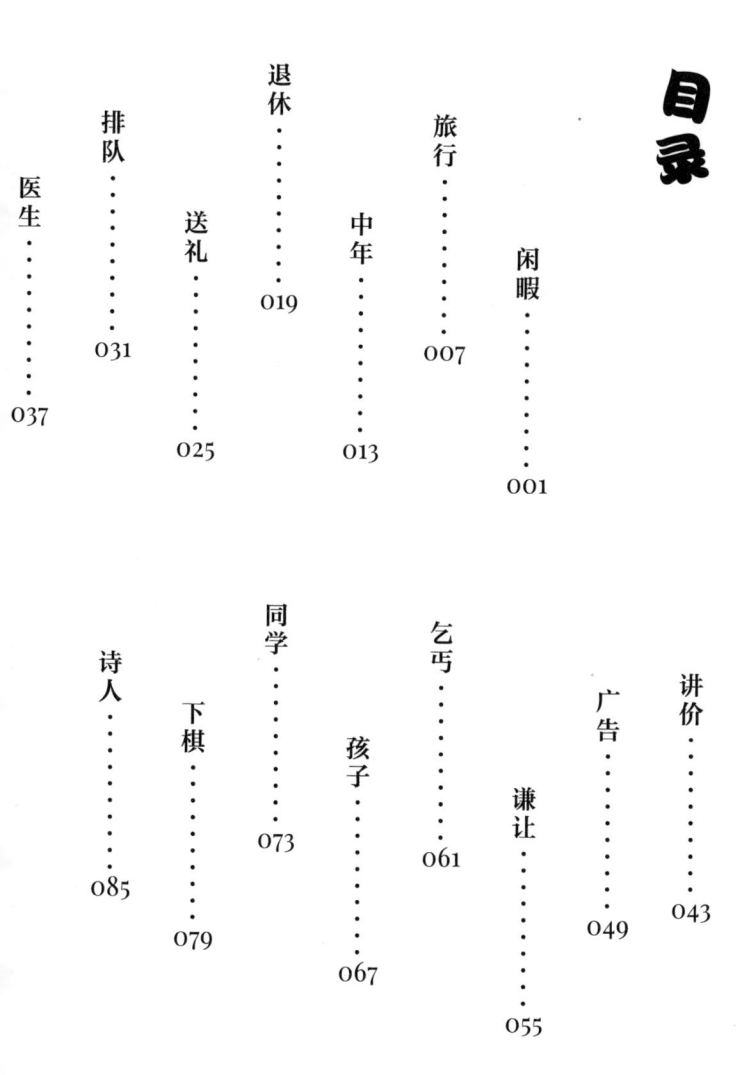

闲暇 …………001

旅行 …………007

中年 …………013

退休 …………019

送礼 …………025

排队 …………031

医生 …………037

讲价 …………043

广告 …………049

谦让 …………055

乞丐 …………061

孩子 …………067

同学 …………073

下棋 …………079

诗人 …………085

偏方 ………………………………… 091

废话 ………………………………… 097

代沟 ………………………………… 103

过年 ………………………………… 111

汰侈 ………………………………… 115

脸谱 ………………………………… 119

请客 ………………………………… 125

年龄 ………………………………… 131

守时 ………………………………… 137

搬家 ………………………………… 143

女人 ………………………………… 149

男人 ………………………………… 155

洋罪 ………………………………… 161

拜年 ………………………………… 167

日记 ………………………………… 173

喜筵 ………………………………… 179

奖券 … 185

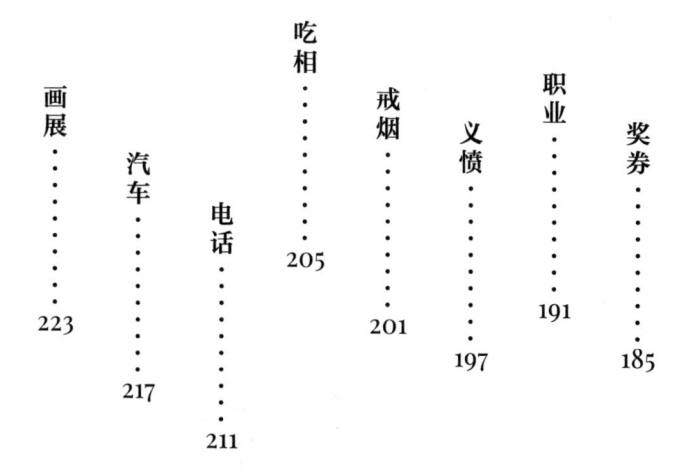

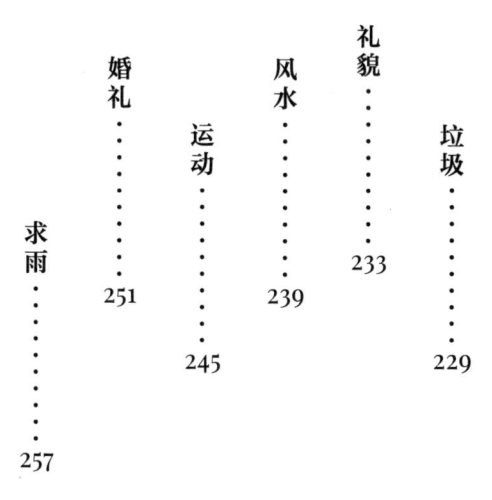

职业 … 191

义愤 … 197

戒烟 … 201

吃相 … 205

电话 … 211

汽车 … 217

画展 … 223

垃圾 … 229

礼貌 … 233

风水 … 239

运动 … 245

婚礼 … 251

求雨 … 257

III

人在有闲的时候才最像是一个人

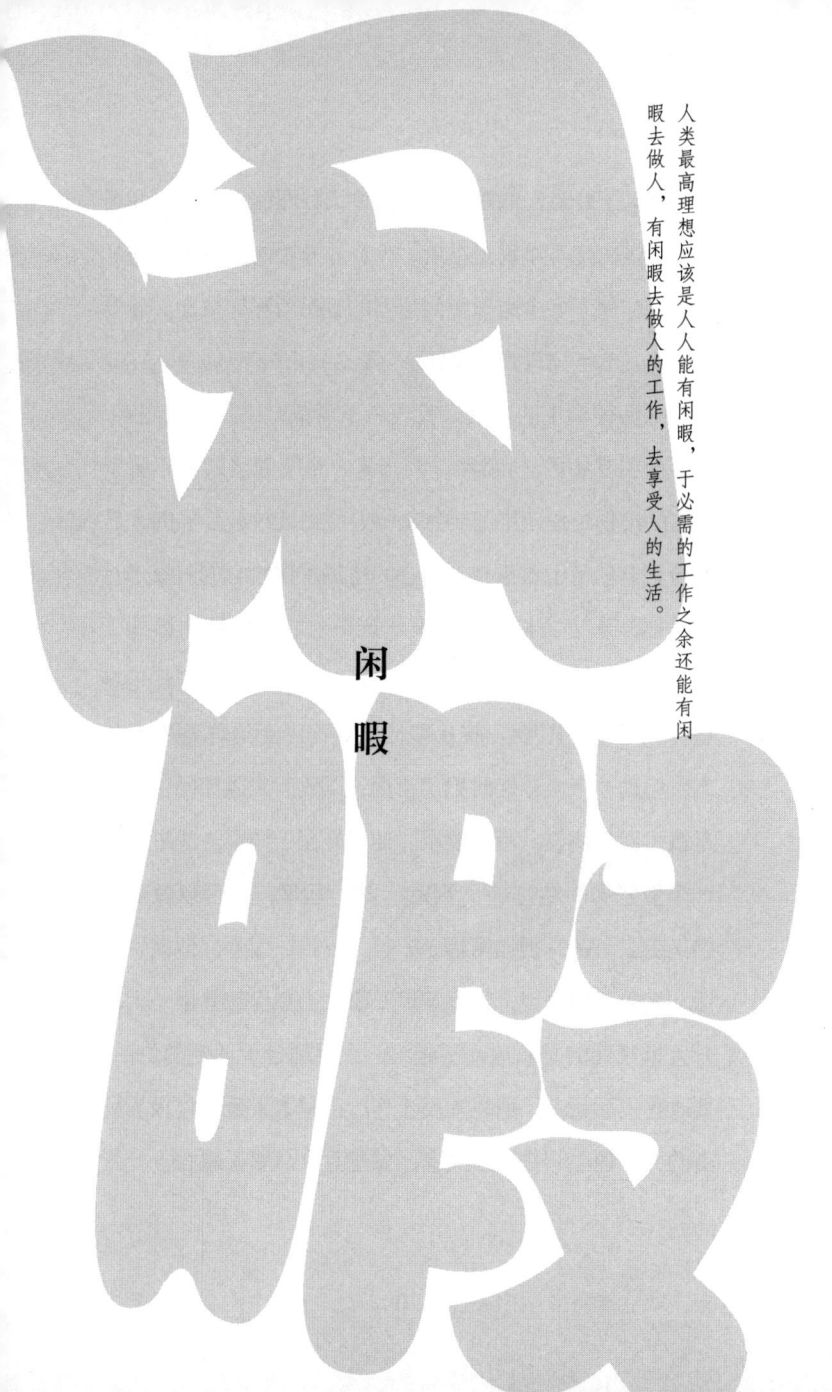

人类最高理想应该是人人能有闲暇，于必需的工作之余还能有闲暇去做人，有闲暇去做人的工作，去享受人的生活。

闲暇

英国十八世纪的笛福,以《鲁滨孙漂流记》一书闻名于世,其实他写小说是在近六十岁才开始的,他以前的几十年写作差不多全是以新闻记者的身份所写的散文。最早的一六九七年刊行的《设计杂谈》(*An Essay Upon Projects*)是一部逸趣横生的奇书,我现在不预备介绍此书的内容,我只要引其中的一段话:"人乃是上帝所创造的最不善于谋生的动物;没有别的一种动物曾经饿死过;外界的大自然给它们预备了衣与食;内心的自然本性给它们安设了一种本能,永远会指导它们设法谋取衣食;但是人必须工作,否则就挨饿,必须做奴役,否则就得死;他固然是有理性指导他,很少人服从理性指导而沦于这样不幸的状态;但是一个人年轻时犯了错误,以致后来颠沛困苦,没有钱,没有朋友,没有健康,他只好死于沟壑,或是死于一个更恶劣的地方——医院。"这一段话,不可以就表面字义上去了解,须知笛福是一位"反语"大师,他惯说反话。人为万物之灵,谁不知道?事实上在自然界里一大批一大批饿死的是禽兽,不是人。人要适合于理性的生活,要改善生活状态,所以才要工作。笛福本人是工作极为勤奋的人,他办刊物、写文章、做生意,从军又服官,一生忙个不停。就是在这本《设计杂谈》里,他也提出了许多高瞻远瞩的计划,像预言一般后来都一一实现了。

人辛勤困苦地工作,所为何来?夙兴夜寐,胼手胝足,如果纯是为了温饱,像蚂蚁蜜蜂一样,那又何贵乎做人?想起罗马皇帝马可·奥勒留的一段话:

在天亮的时候,如果你懒得起床,要随时作如是想:"我要起来,去做一个人的工作。"我生来就是为了做那工作的,我来到世间就是为了做那工作的,那么现在就去做那工作又有什么可怨的呢?我既是为了这工作而生的,那么我应该蜷卧在被窝里取暖吗?"被窝里较为舒适呀。"那么你是生来为了享乐的吗?简言之,我且问你,你是被动地还是主动地要有所作为?试想每一个小的生物,每一只小鸟、蚂蚁、蜘蛛、蜜蜂,它们是如何地勤于劳作,如何地克尽厥职,以组成一个有秩序的宇宙。那么你可以拒绝去做一个人的工作吗?自然命令你做的事还不赶快地去做吗?"但是一些休息也是必要的呀。"这我不否认。但是根据自然之道,这也要有个限制,犹如饮食一般。你已经超过限制了,你已经超过足够的限量了。但是讲到工作你却不如此了，多做一点你也不肯。

这一段策励自己勉力工作的话，足以发人深省，其中"以组成一个有秩序的宇宙"一语至堪玩味。我们不能不想起古罗马的文明秩序是建立在奴隶制度之上的。有劳苦的大众在那里辛勤地劳作，解决了大家的生活问题，然后少数的上层社会人士才有闲暇去做"人的工作"。大多数人是蚂蚁、蜜蜂，少数人是人。做"人的工作"需要有闲暇。所谓闲暇，不是饱食终日无所用心之谓，而是免于蚂蚁、蜜蜂般的工作之谓。养尊处优，嬉遨惰慢，那是蚂蚁、蜜蜂之不如，还能算人！靠了逢迎当道，甚至为虎作伥，而猎取一官半职或是分享一些残羹剩饭，那是帮闲或是帮凶，都不是人的工作。奥勒留推崇工作之必要，话是不错，但勤于劳作亦应有个限度，不能像蚂蚁、蜜蜂那样工作。劳动是必需的，但劳动不应该是终极的目标。而且劳动亦不应该由一部分人负担而令另一部分人坐享其成果。

人类最高理想应该是人人能有闲暇，于必需的工作之余还能有闲暇去做人，有闲暇去做人的工作，去享受人的生活。我们应该希望人人都能属于"有闲阶级"。有闲阶级如能普及于全人类,那便不复是罪恶。人在有闲的时候才最像是一个人。手脚相当闲,头脑才能相当地忙起来。我们并不向往六朝人那样萧然若神仙的样子,我们却企盼人人都能有闲暇去发展他的智慧与才能。

旅行

旅行是一种逃避——逃避人间的丑恶。『大隐藏人海』，我们不是大隐，在人海里藏不住。岂但人海里安不得身？在家园也不容易遁迹。

我们中国人是最怕旅行的一个民族。闹饥荒的时候都不肯轻易逃荒，宁愿在家乡吃青草啃树皮吞观音土，生怕离乡背井之后，在旅行中流为饿莩，失掉最后的权益——寿终正寝。至于席丰履厚的人更不愿轻举妄动，墙上挂一张图画，看看就可以当"卧游"，所谓"一动不如一静"。说穿了"太阳下没有新鲜事物"。号称山川形胜，还不是几堆石头一汪子水？

我记得做小学生的时候，郊外踏青，是一桩心跳的事，多早就筹备，起个大早，排成队伍，擎着校旗，鼓乐前导，事后下星期还得作一篇《远足记》，才算功德圆满。旅行一次是如此庄严！我的外祖母，一生住在杭州城内，八十多岁，没有逛过一次西湖，最后总算去了一次，但是自己不能行走，抬到了西湖，就没有再回来——葬在湖边山上。

古人云："一生能着几两屐？"这是劝人及时行乐，莫怕多费几双鞋。但是旅行果然是一桩乐事吗？其中是否含有多少苦恼的成分呢？

出门要带行李，那一个几十斤重的五花大绑的铺盖卷便是旅行者的第一道难关。要捆得紧，要捆得俏，要四四方方，要见棱见角，与稀松露馅的大包袱要迥异其趣，这已经就不是一个手无缚鸡之力的人所能胜任的了。关卡上偏有好奇人要打开看看，看完之后便很难得再复原。"乘兴而来，兴尽而返。"很多人在打完铺盖卷之后就觉得游兴已尽了。在某些国度里，旅行是不需要携带铺盖的，好像凡是有床的地方就有被褥，有被褥的地方就有随时洗换的被单——旅客可以无牵无挂，不必像蜗牛似的顶着安身的家伙走路。携带铺盖究竟还容易办得到，但是没听说过带着床旅行的，天下的床很少没有臭虫设备的。我很怀疑一个人于整夜输血之后，第二天还有多少精神游山逛水。我有一个朋友发明了一种服装，按着他的头躯四肢的尺寸做了一件天衣无缝的睡衣，人钻在睡衣里面，只留眼前两个窟窿，和外界完全隔绝——只是那样子有些像是K.K.K.[1]，夜晚出来曾经几乎吓死一个人！

  原始的交通工具，并不足为旅客之苦。我觉得"滑竿""架子车"都比飞机有趣。"御风而行，泠然善也"，那是神仙生涯。在尘世旅行，还是以脚能着地为原则。我

---

[1] 美国最早的恐怖组织之一。

们要看朵朵的白云,但并不想在云隙里钻出钻进;我们要"横看成岭侧成峰,远近高低各不同",但并不想把世界缩小成假山石一般玩物似的来欣赏。我惋惜弥尔顿所称述的中土有"挂帆之车"尚不曾坐过。交通工具之原始不是病,病在于舟车之不易得,车夫舟子之不易缠,"衣帽自看"固不待言,还要提防青纱帐起。刘伶"死便埋我",也不是准备横死。

旅行虽然夹杂着苦恼,究竟有很大的乐趣在。旅行是一种逃避——逃避人间的丑恶。"大隐藏人海",我们不是大隐,在人海里藏不住。岂但人海里安不得身?在家园也不容易遁迹。成年地圈在四合房里,不必仰屋就要兴叹;成年地看着家里的那一张脸,不必牛衣也要对泣。家里面所能看见的那一块青天,只有那么一大块。取之不尽用之不竭的清风明月,在家里都不能充分享用,要放风筝需要举着竹竿爬上房脊,要看日升月落需要左右邻居没有遮拦。走在街上,熙熙攘攘,磕头碰脑的不是人面兽,就是可怜虫。在这种情形之下,我们虽无勇气披发入山,至少为什么不带着一把牙刷捆起铺盖出去旅行几天呢?在旅行中,少不了风吹雨打,然后倦飞知还,觉得"在家千日好,出门一时难",这样便可以把那不可容忍的家变成暂时可以容忍的了。下次忍耐不住的时候,再出去旅行一次。如此折腾几回,这一生也就差不多了。

旅行中没有不感觉枯寂的,枯寂也是一种趣味。赫兹里特(Hazlitt)主张在旅行时不要伴侣,因为:"如果你说路那边的一片豆田有股香味,你的伴侣也许闻不见。如果你指着远处的一件东西,你的伴侣也许是近视的,还得戴上眼镜看。"一个不合意的伴侣,当然是累赘。但是人是奇怪的动物,人太多了嫌闹,没人陪着嫌闷。耳边嘈杂怕吵,整天咕嘟着嘴又怕口臭。旅行是享受清福的时候,但是也还想拉上个伴。只有神仙和野兽才受得住孤独。在社会里我们觉得面目可憎、语言无味的人居多,避之唯恐或晚,在大自然里又觉得人与人之间是亲切的。到美国落基山上旅行过的人告诉我,在山上若是遇见另一个旅客,不分男女老幼,一律脱帽招呼,寒暄一两句。还是很有意味的一个习惯。大概只有在旷野里我们才容易感觉到人与人是属于一门一类的动物,平常我们太注意人与人的差别了。

真正理想的伴侣是不易得的,客厅里的好朋友不见得即是旅行的好伴侣,理想的伴侣须具备许多条件,不能太脏,如嵇叔夜"头面常一月十五日不洗,不大闷痒,不能沐",也不能有洁癖,什么东西都要用火酒揩;不能如泥塑木雕,如死鱼之不张嘴,也不能终日喋喋不休,整夜鼾声不已;不能油头滑脑,也不能蠢头呆脑,要有说有笑,有动有静,静时能一声不响地陪着你看行云,听夜雨,动时能在草地上打滚,像一条活鱼!这样的伴侣哪里去找?

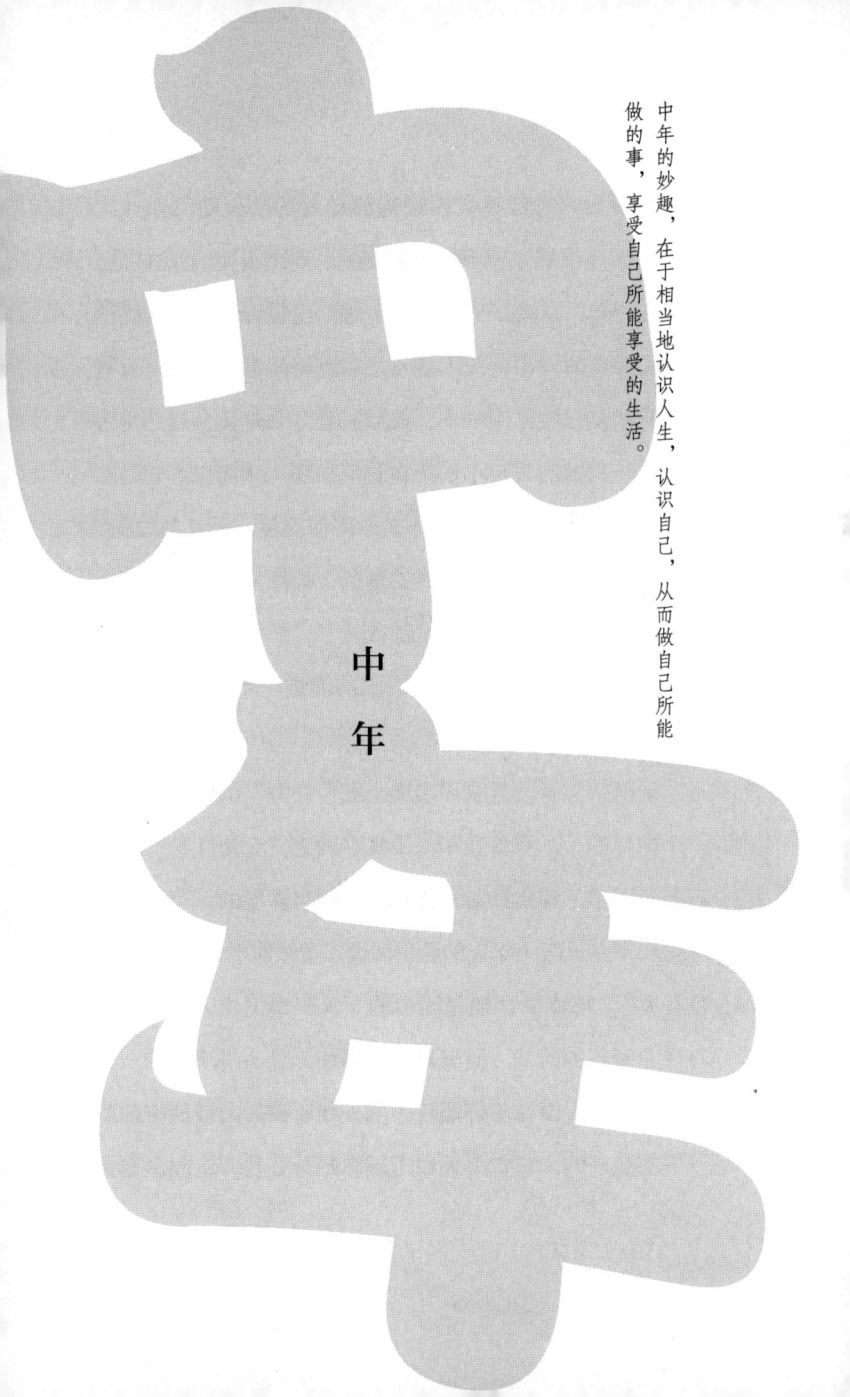

中年的妙趣，在于相当地认识人生，认识自己，从而做自己所能做的事，享受自己所能享受的生活。

中年

钟表上的时针是在慢慢地移动着的，移动得如此之慢，使你几乎感觉不到它的移动。人的年纪也是这样的，一年又一年，总有一天会蓦然一惊，已经到了中年，到这时候大概有两件事使你不能不注意。讣闻不断地来，有些性急的朋友已经先走一步，很煞风景，同时又会忽然觉得一大批一大批的青年小伙子在眼前出现，从前也不知是在什么地方藏着的，如今一齐在你眼前摇晃，磕头碰脑的，尽是些昂然阔步、满面春风的角色，都像是要去吃喜酒的样子。自己的伙伴一个个地都入蛰了，把世界交给了青年人。所谓"耳畔频闻故人死，眼前唯觉少年多"，正是一般人中年的写照。

从前杂志背面常有"韦廉士红色补丸"的广告，画着一个憔悴的人，弓着身子，手扶在腰上，旁边注着"图中寓意"四字。那寓意对于青年人是相当深奥的。可是这幅图画却常在一般中年人的脑里涌现，虽然他不一定想吃"红色补丸"，那点寓意他是明白的了。一根黄松的柱子，都有弯曲倾斜的时候，何况是二十六块碎骨头拼凑成的一条脊椎！年轻人没有不好照镜子的，在店铺的大玻璃窗前照一下都是好的，总觉得大致上还有几分姿色。这顾影自怜的习惯逐渐消失，以至于有一天偶然揽镜，突然发现额上刻了横纹，那线条是显明而有力的，像是吴道子的"莼菜描"，心想那是抬头纹，可是低头也还是那样。再一细看头顶上的头发有搬家到腮旁颔下的趋势，而最令人触目惊心的是，鬓角上发现几根白发，这一惊非同小可，平素一毛不拔的人到这时候也不免要狠心地把它们拔去，拔毛连茹，头发根上还许带着一颗鲜亮的肉珠。但是没有用，岁月不饶人！

一般的女人到了中年，更着急。哪个年轻女子不是饱满丰润得像一颗牛奶葡萄，一弹就破的样子？哪个年轻女子不是玲珑矫健得像一只燕子，跳动得那么轻灵？到了中年，全变了。曲线都还存在，但满不是那么回事，该凹入的部分变成了凸出，该凸出的部分变成了凹入，牛奶葡萄要变成金丝蜜枣，燕子要变鹌鹑。最暴露在外面的是一张脸，从"鱼尾"起皱纹撒出一面网，纵横辐辏，疏而不漏，把脸逐渐织成一幅铁路线最发达的地图，脸上的皱纹已经不是熨斗所能烫得平的，同时也不知怎么在皱纹之外还常常加上那么多的苍蝇屎。所以脂粉不可少。除非粪土之墙，没有不可圬的道理。在原有的一张脸上再罩上一张脸，本是最简便的事。不过在上妆之前下妆之后，容易令人联想起《聊斋志异》的那一篇《画皮》而已。女人的肉好像最禁不起地心的吸力，一到中年便一齐松懈下来往下堆摊，成堆的肉挂在脸上，挂在腰边，挂在踝际。听说有许多西洋女子用擀面杖似的一根棒子早晚浑身乱搓，希望把浮肿的肉压得结实一点，又有些人干脆忌食脂肪忌食淀粉，扎紧裤带，活生生地把自己"饿"回青春去。有多少效果，我不知道。

别以为人到中年，就算完事。不。譬如登临，人到中年像是攀跻到了最高峰。回头看看，一串串的小伙子正在"头也不回呀汗也不揩"地往上爬。再仔细看看，路上有好多块绊脚石，曾把自己磕碰得鼻青脸肿，有好多处陷阱，使自己做了若干年的井底蛙。回想从前，自己做过扑灯蛾，惹火焚身；自己做过撞窗户纸的苍蝇，一心想奔光明，结果落在粘苍蝇的胶纸上！这种种景象的观察，只有站在最高峰上才有可能。向前看，前面是下坡路，好走得多。

施耐庵《〈水浒传〉序》云："人生三十而未娶，不应更娶；四十而未仕，不应更仕。"其实"娶""仕"都是小事，不娶不仕也罢，只是这种说法有点中途弃权的意味。

西谚云:"人的生活在四十才开始。"好像四十以前,不过是几出配戏,好戏都在后面。我想这与健康有关。吃窝头米糕长大的人,拖到中年就算不易,生命力已经蒸发殆尽。这样的人焉能再娶?何必再仕?服"维他赐保命"都嫌来不及了。我看见过一些得天独厚的男男女女,年轻的时候愣头愣脑的,浓眉大眼,生僵挺硬,像是一些又青又涩的毛桃子,上面还带着挺长的一层毛。他们是未经琢磨过的璞石。可是到了中年,他们变得润泽了,容光焕发,脚底下像是有了弹簧,一看就知道是内容充实的。他们的生活像是在饮窖藏多年的陈酿,浓而芳洌!对于他们,中年没有悲哀。

四十开始生活,不算晚,问题在"生活"二字如何诠释。如果年届不惑,再学习溜冰踢毽子放风筝,"偷闲学少年",那自然有如秋行春令,有点勉强。半老徐娘,留着刘海,躲在茅房里穿高跟鞋当作踩高跷般地练习走路,那也是惨事。中年的妙趣,在于相当地认识人生,认识自己,从而做自己所能做的事,享受自己所能享受的生活。科班的童伶宜于唱全本的大武戏,中年的演员才担得起大出的轴子戏,只因他到中年才能真懂得戏的内容。

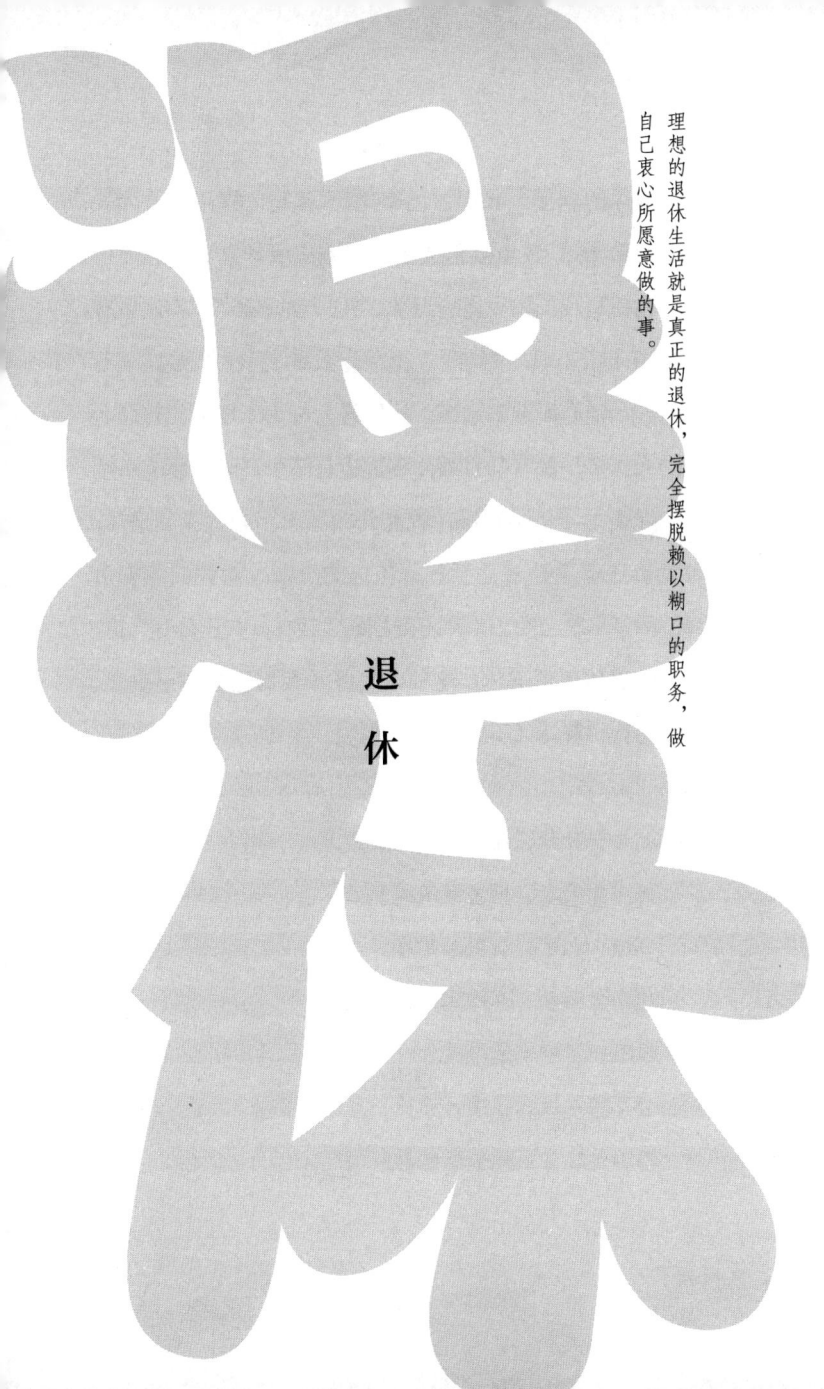

理想的退休生活就是真正的退休,完全摆脱赖以糊口的职务,做自己衷心所愿意做的事。

退休

退休的制度，我们古已有之。《礼记·曲礼》："大夫七十而致事。"致事就是致仕，言致其所掌之事于君而告老，也就是我们如今所谓退休。礼，应该遵守，不过也有人觉得未尝不可不遵守。"礼岂为我辈设哉？"尤其是七十的人，随心所欲不逾矩，好像是大可为所欲为。普通七十的人，多少总有些昏聩，不过也有不少得天独厚的幸运儿，耄耋之年依然矍铄，犹能开会剪彩，必欲令其退休，未免有违笃念勋耆之至意。年轻的一辈，劝你们少安毋躁，棒子早晚会交出来，不要抱怨"我在，久压公等"也。

该退休而不退休，这种风气好像我们也是古已有之。白居易有一首诗《不致仕》：

> 七十而致仕，礼法有明文。
> 何乃贪荣者，斯言如不闻？
> 可怜八九十，齿堕双眸昏。
> 朝露贪名利，夕阳忧子孙。
> 挂冠顾翠緌，悬车惜朱轮。
> 金章腰不胜，伛偻入君门。
> 谁不爱富贵？谁不恋君恩？

年高须告老，名遂合退身。

少时共嗤诮，晚岁多因循。

贤哉汉二疏，彼独是何人？

寂寞东门路，无人继去尘！

汉朝的疏广及其兄子疏受位至太子太傅、少傅，同时致仕，当时的"公卿大夫故人邑子，设祖道，供张东都门外，送者车数百辆。辞决而去。道路观者皆曰：'贤哉二大夫！'或叹息为之下泣"。这就是白居易所谓"汉二疏"。乞骸骨居然造成这样的轰动，可见这不是常见的事，常见的是"伛偻入君门"的"爱富贵""恋君恩"的人。白居易"无人继去尘"之叹，也说明了二疏的故事以后没有重演过。

从前读书人十载寒窗，所指望的就是有一朝能春风得意，纡青拖紫，那时节踌躇满志，纵然案牍劳形，以至于龙钟老朽，仍难免有恋栈之情，谁舍得随随便便就挂冠悬车？真正老骥伏枥志在千里的人是少而又少的，大部分还不是舍不得放弃那五斗米、千钟禄、万石食？无官一身轻的道理是人人知道的，但是身轻之后，囊橐也跟着要轻，那就诸多不便了。何况一旦投闲置散，一呼百诺的煊赫的声势固然不可复得，甚至于进入了"出无车"的状态，变成了匹夫徒步之士，在街头巷尾低着头逡巡疾走，不敢见人，那情形有多么惨。一向由庶务人员自动供应的冬季炭盆所需的白炭，四时陈设的花卉盆景，乃至于琐屑如卫生纸，不消说都要突告来源断绝，那又情何以堪？所以一个人要想致仕，不能不三思，三思之后恐怕还是一动不如一静了。

如今退休制度不限于仕宦一途，坐拥皋比的人到了粉笔屑快要塞满他的气管的时候也要引退。不一定是怕他春风风人之际忽然一口气上不来，是要他腾出位子给别人尝尝人之患的滋味。在一般人心目中，冷板凳本来没有什么可留恋的，平素吃不饱饿不死，但是申请退休的人一旦公开表明要撤绛帐，他的亲戚朋友会一窝蜂地惶惶然，戚戚然，几乎要垂泣而道地劝告他："何必退休？你的头发还没有白多少，你的脊背还没有弯，你的两手也不哆嗦，你的两脚也还能走路……"言外之意好像是等到你头发全部雪白，腰弯得像是"？"一样，患上了帕金森病，走路就地擦，那时候再申请退休也还不迟。是的，是有人到了易簧之际，朋友们才急急忙忙地为他赶办退休手续，生怕公文尚在旅行而他老先生沉不住气，弄到无休可退，那就只好鼎惠恳辞了。更有一些知心的抱有远见的朋友，会慷慨陈词："千万不可退休，退休之后的生活是一片空虚，那时候闲居无聊，闷得发慌，终日彷徨，郁郁寡欢……"把退休后生活形容得如此凄凉，不是没有原因的，因为平素上班是以"喝喝茶，签签到，聊聊天，看看报"为主，一旦失去喝茶签到聊天看报的场所，那是会要感觉到无比枯寂的。

　　理想的退休生活就是真正地退休，完全摆脱赖以糊口的职务，做自己衷心所愿意做的事。有人八十岁才开始学画，也有人五十岁才开始写小说，都有惊人的成就。"狗永远不会老得到了不能学新把戏的地步。"何以人而不如狗乎？退休不一定要远离尘嚣，遁迹山林，也无须大隐藏人海，杜门谢客—— 一个人真正地退休之后，门前自然车马稀。如果已经退休的人而还偶然被认为有剩余价值，那就苦了。

送礼

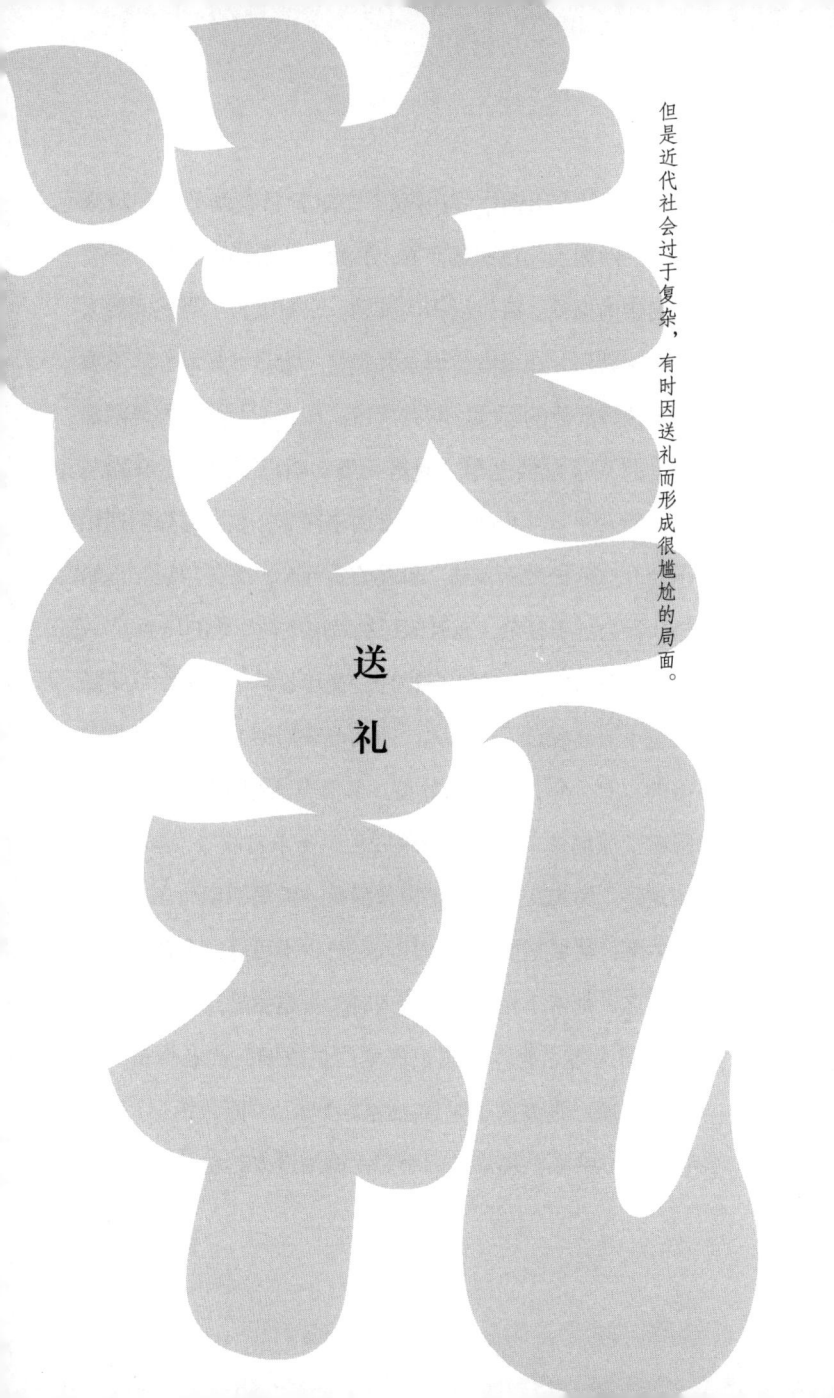

但是近代社会过于复杂,有时因送礼而形成很尴尬的局面。

原始民族出猎，有所获，必定把猎物割裂，加以燔熏，分赠族人。在送者方面，我想一定是满面春光，没有任何偷偷摸摸、躲躲闪闪的神情。出狩大吉，当然需要大家共享其乐。在受者方面，我想也一定是春光满面，不要什么扭谦辞让的手续。叨在族谊，却之不恭。双方光明磊落，而且是自然之至。倒是人类文明进步之后，弊端丛生，然后才有"礼尚往来，来而不往非礼也"这样的理论出现。这理论究竟不错，旨在安定社会，防止纠纷。但是近代社会过于复杂，有时因送礼而形成很尴尬的局面。

寒斋萧索，与人少有往还，逢年过节，但见红红绿绿大包小笼衮衮过门而不入，所谓厚贶遥颁之事实在是很难得的。有一年，端阳前数日，忽然有人把礼物送上门来，附着一张名片，上写"菲仪四色，务求赏收"。送礼人问清这是"梁寓"之后便不由分说跨上铁马绝尘而去。我午睡方醒，待要追问来人，其人早已杳不可寻。细查名片上的姓名，则素不相识。检视内容，皆是食品，并无夹层隐藏任何违碍之物。心想也许是门生故旧，恤老怜贫，但是再想现已进入原子时代，这类事毋乃"时代错误"？再说，既承馈贻，曷不进门小憩，班荆道故？左思右想，不得要领，送警报案，似是小题大做。转送劳军，又好像是慷他人之慨。无功受禄，又恐伤廉。结果是原封不动，庋藏高阁，希望其人能惠然返来，物归原主。事隔数日，一部分食物已经霉腐，暴殄天物，可惜之至！从此我逢人便问可有谁认识此公？终归人海茫茫，渺无踪迹。

转瞬到了中秋，节约之声又复盈耳，此公于家人外出之际又送来一份礼物，分量较前次加了一番。八角形的月饼直径在一尺以上，堆在桌上灿烂夺目。我当时的心情，犹如在门内发现了一具弃婴。弃婴犹可找个去处，这一大堆食品可怎样安排？过去有人送过我几匣月饼，打开一看，黑压压一片，万头攒动，全是蚂蚁。也有人送过自制的精品年糕，里面除了核仁瓜子之外还有无数条白胖的肉蛆，活泼乱跳。这直径一尺开外的大月饼其结局还不是同样地喂蚂蚁肉蛆！但是我开始恐惧了，此公一再宠锡有加，猪喂肥了没有不宰的，难道他屡施小惠，存心有一天要我感恩图报驰驱效死吗？惶悚之余，我全家戒严了，以后无论什么人前来送礼，一定要暂加扣留，验明正身，问清底细，否则绝不放行。王密夜怀金十斤送给杨震，说："暮夜无知者。"杨震回答说："天知，神知，我知，子知，何谓无知？"我则连四知都说不上，子是谁，我不知道，我是谁，恐怕你也不清楚。这样糊里糊涂下去，天神也要不容许了。

不久，年关届临，此公又施施然来。这一回，说好说歹，把他延进玄关，我仔细打量他一下，一人多高，貌似忠厚，衣履俱全，而打躬作揖，礼貌特别周到，他带来的礼物比上次又多了，成几何级数地进展。"官不打送礼的"，我非官，焉敢打人，我只是诘问：

"我不认识你，你屡次三番地送东西来，是何用意？"

他的嘴唇有点发抖，勉强把脸上的筋肉作弄成为一个笑容，说：

"一点小意思，不成敬意。你帮了我这样多忙！"

"我帮了你什么忙？你知道我是谁吗？"

"你不是梁先生吗？"

我不能不承认说："是呀。"

"那就对啦！我们行里的事，要不是梁先生在局里替我们做主，那是不得了的。"

"什么局？"

"××局。"

"哎呀！我从来没有在××局做过事。你大概搞错了吧？"

"没有错，没有错，梁先生是住在这一条街上，虽然我不知道他的门牌号数。"

我于是告诉他，一条街上很可能有两个以上的姓梁的人。我们姓梁的，自周平王之子封南梁以来，迄今二千七百多年，历代繁衍，一条街上有一个以上的姓梁的也不是不可能的事。前两次的礼物事实上已经收下，抱歉至极，这一次无论如何也不敢当，敬请原物带回，并且以后也不敢再劳驾了。

此人闻悉，登时变色，"怔营惶怖，靡知厝身"，急忙携起礼物仓皇狼狈而去，连呼："对不起，对不起！"其怪遂绝。

排队

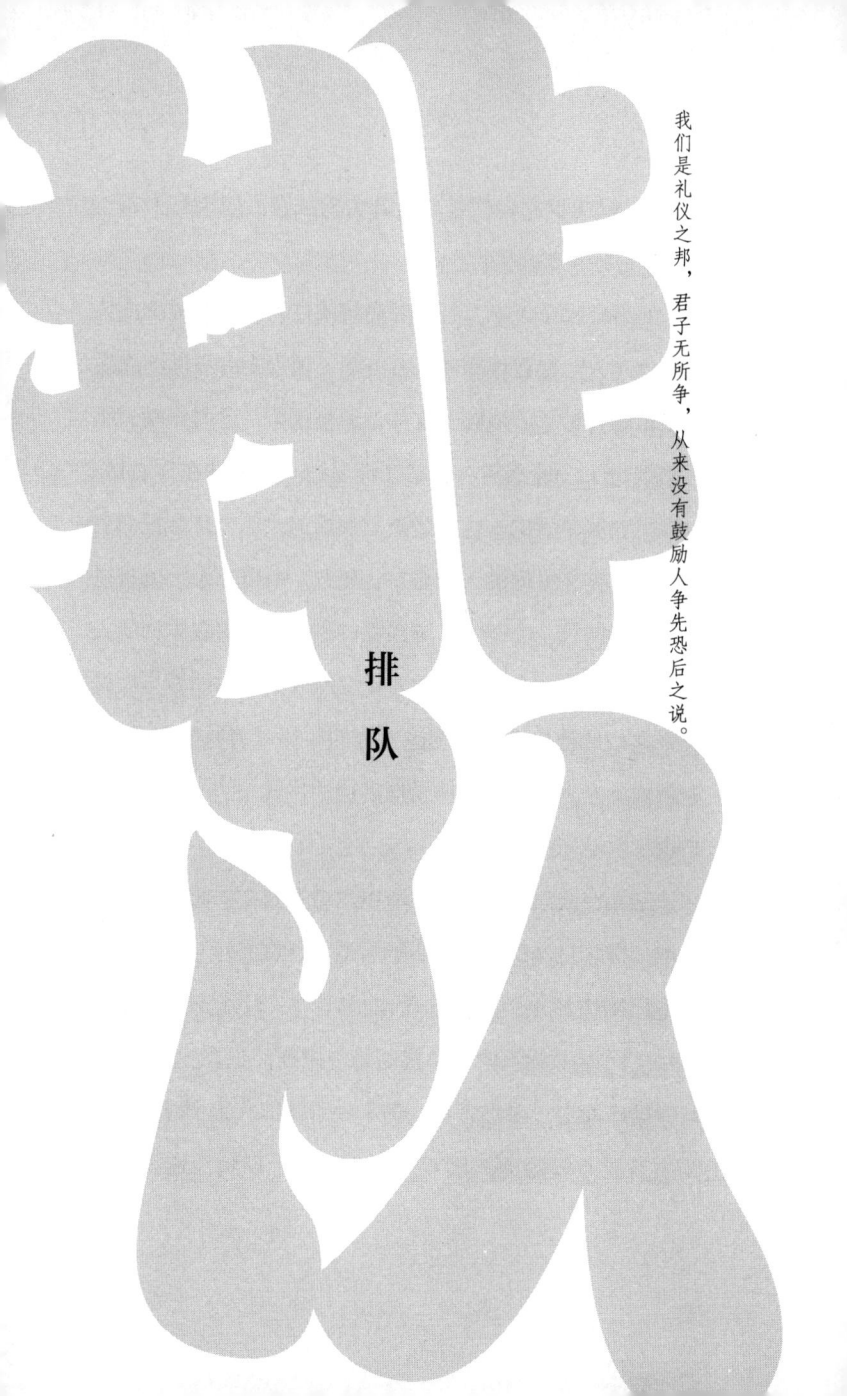

我们是礼仪之邦,君子无所争,从来没有鼓励人争先恐后之说。

《民权初步》讲的是一般开会的法则，如果有人撰一续编，应该是讲排队。

如果你起个大早，赶到邮局烧头炷香，柜台前即使只有你一个人，你也休想能从容办事，因为柜台里面的先生小姐忙着开柜子、取邮票文件、调整邮戳，这时候就有顾客陆续进来，说不定一位站在你左边，一位站在你右边，也许是衣冠楚楚的，也许是破衣邋遢的，总之是会把你夹在中间。夹在中间的人未必有优先权，所以三个人就挤得很紧，胳膊粗、个子大、脚跟稳的占便宜。夹在中间的人也未必轮到第二名，因为说不定又有人附在你的背上，像长臂猿似的伸出一只胳膊越过你的头部拿着钱要买邮票。人越聚越多，最后像是橄榄球赛似的挤成一团，你想钻出来也不容易。

三人曰众，古有明训。所以三个人聚在一起就要挤成一堆。排队是洋玩意儿，我们所谓"鱼贯而行"都是在极不得已的情形之下所做的动作。《晋书·范汪传》："玄冬之月，沔汉干涸，皆当鱼贯而行，排推而进。"水不干涸谁肯循序而进，虽然鱼贯，仍不免于排推。我小时候，在北平有过一段经验，过年父亲常带我逛厂甸，进入海王村，里面有旧书铺、古玩铺、玉器摊，以及临时搭起的几个茶座。我父亲如入宝山，图书、古董都是他所爱好的，盘旋许久，乐此不疲，可是人潮汹涌，越聚越多。等到我们兴尽欲返的时候，大门口已经壅塞了。门口只有一个，进也是它，出也是它。而且谁也不理会应靠左边行，于是大门变成瓶颈，人人自由行动，卡成一团。也有不少人故意起哄，哪里人多往哪里挤，因为里面有的是大姑娘、小媳妇。父亲手里抱了好几包书，顾不了我。为了免于被人践踏，我由一位身材高大的警察抱着挤了出来。我从此没再去过厂甸，直到我自己长大有资格抱着我自己的孩子冲出杀进。

中国地方大，按说用不着挤，可是挤也有挤的趣味。逛隆福寺、护国寺，若是冷冷清清的凄凄惨惨觅觅，那多没有味！不过时代变了，人几乎天天到处要像是逛庙赶集。长年挤下去实在受不了，于是排队这洋玩意儿应运而兴。奇怪的是，这洋玩意儿兴了这么多年，至今还没有蔚成风气。长一辈的人在人多的地方横冲直撞，孩子们当然认为这是生存技能之一。学校不能负起教导的责任，因为教师就有许多是不守秩序的好手。法律无排队之明文规定，警察管不了这么多。大家自由活动，也能活下去。

不要以为不守秩序、不排队是我们的民族性，生活习惯是可以改的。抗战胜利后我回到北平，家人告诉我许多敌伪横行霸道的事迹，其中之一是在前门火车站票房前面常有一名日本警察手持竹鞭来回巡视，遇到不排队就抢先买票的人，就一声不响高高举起竹鞭嗖的一声着着实实地抽在他的背上。挨了一鞭之后，他一声不响地排在队尾了。前门车站的秩序从此改良许多。我对此事的感想很复杂。不排队的人是应该挨一鞭子，只是不应该由日本人来执行。拿着鞭子打我们的人，我真想抽他十鞭子！但是，我们自己人就没有人肯对不排队的人下那个毒手！好像是基于同胞爱，开始是劝，继而还是劝，不听劝也就算了，大家不伤和气。谁也不肯扬起鞭子去取缔，靦颜说是"于法无据"。一条街定为单行道、一个路口不准向左转，又何所据？法是人定的，要什么样的生活方式便应该有什么样的法。

洋人排队另有一套，他们是不拘什么地方都要排队。邮局、银行、剧院无论矣，就是到餐厅进膳，也常要排队听候指引一一入座。人多了要排队，两三个人也要排队。

有一次要吃比萨饼，看门口队伍很长，只好另觅食处。为了看古物展览，我参加过一次两千人左右的长龙，我到场的时候才有千把人，顺着龙头往下走，拐弯抹角，走了半天才找到龙尾，立定脚跟，不久回头一看，龙尾又不知伸展到何处去了。我仔细观察发现了一个秘密：洋人排队，浪费空间，他们排队占用一里，由我们来排队大概半里就足够。因为他们每个人与另一个人之间通常保持相当距离，没有肌肤之亲，也没有摩肩接踵之事。我们排队就亲热得多，紧迫盯人，唯恐脱节，前面人的胳膊肘会戳你的肋骨，后面人喷出的热气会轻拂你的脖颈。其缘故之一，大概是我们的人丁太旺而场地太窄。以我们的超级市场而论，实在不够超级，往往近于迷你，遇上八折的日子，付款处的长龙摆到货架里面去，行不得也。洋人的税捐处很会优待主顾，设备充分，偶然有七八个人排队，排得松松的，龙头走到柜台也有五步六步之遥。办起事来无左右受夹之烦，也无后顾催迫之感，从从容容，可以减少纳税人胸中许多戾气。

我们是礼仪之邦，君子无所争，从来没有鼓励人争先恐后之说。很多地方我们都讲究揖让，尤其是几个朋友走出门口的时候,常不免于拉拉扯扯礼让了半天,其实鱼贯而行也就够了。我不太明白为什么到了陌生人聚集在一起的时候,便不肯排队,而一定要奋不顾身。

我小时候只知道上兵操时才排队。曾路过大栅栏同仁堂,柜台占两间门面,顾客经常是里三层外三层挤得水泄不通,多半是仰慕同仁堂丸散膏丹的大名而来办货的乡巴佬。他们不知排队犹可说也。奈何数十年后,工业已经起飞,都市中人还不懂得这生活方式中极为重要的一个项目?难道真需要那一条鞭子才行吗?

医生

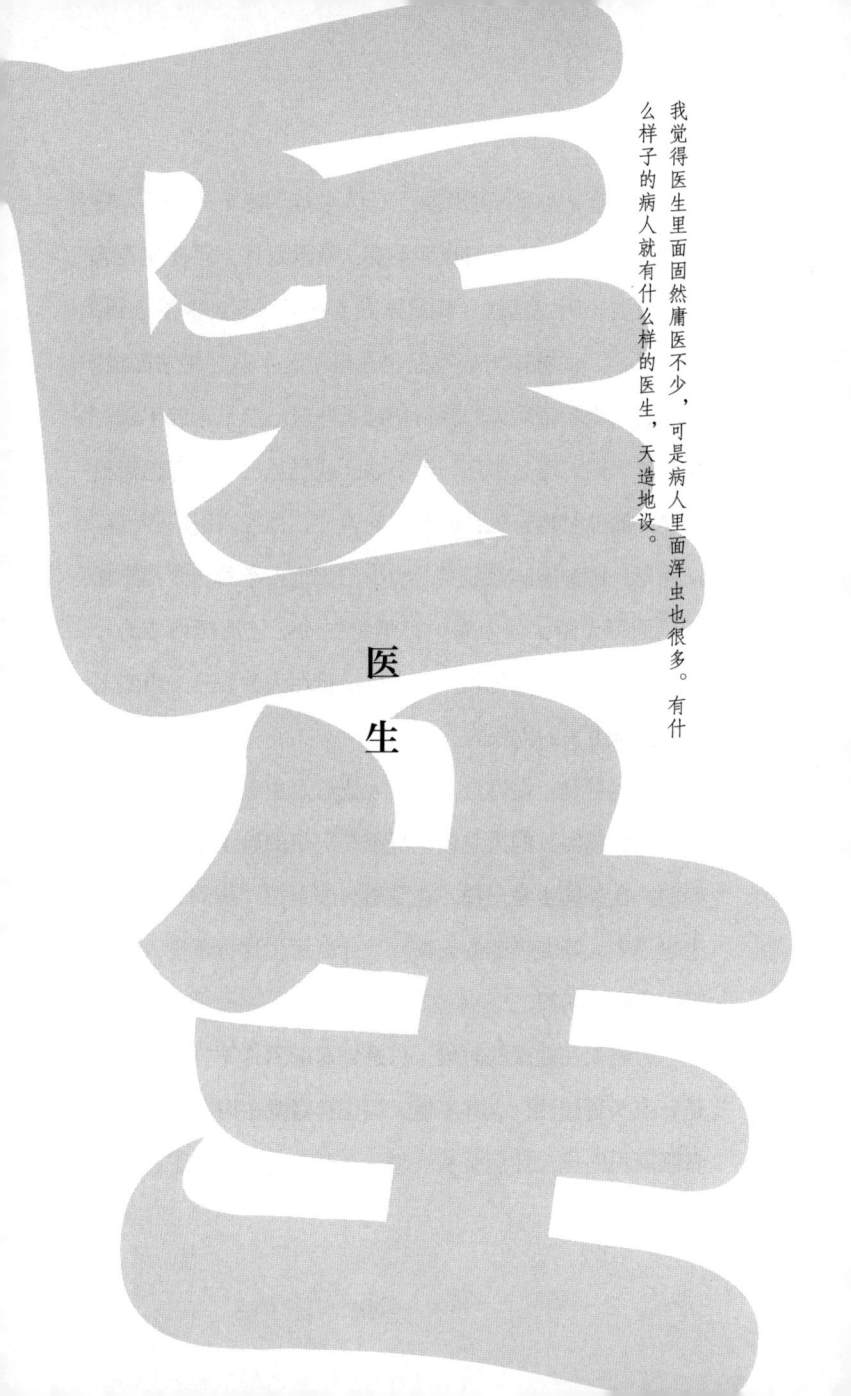

我觉得医生里面固然庸医不少,可是病人里面浑虫也很多。有什么样子的病人就有什么样的医生,天造地设。

医生是一种神圣的职业，因为他能解除人的痛苦，着手成春。有一个人，有点老毛病，常常发作，闹得死去活来，只要一听说延医，病就先去了八分，等到医生来到，霍然而愈。试脉搏听心跳完全正常，医生只好愕然而退，延医的人真希望病人的痛苦稍延长些时。这是未着手就已成春的一例。可是医生一不小心，或是虽已小心而仍然犯错误，他随时也有机会减短人的寿命。据说庸医的药方可以辟鬼，比钟馗的像还灵，胆小的夜行人举着一张药方就可以通行无阻，因为鬼中有不少生前吃过那样药方的亏的，死后还是望而生畏。医生以济世活人为职志，事实上是掌握着生杀的大权的。

说也奇怪，在舞台上医生大概总是由丑角扮演的。看过《老黄请医》的人总还记得那个医生的脸上是涂着一块粉的。在外国也是一样，在莫里哀或是拉毕施的笔下，医生也是令人啼笑皆非的人物。为什么医生这样不受人尊敬呢？我常常纳闷。

大概人在健康的时候，总是把医药看作不祥之物，就是有点头昏脑热，也并不慌，保国粹者喝午时茶，通洋务者服阿司匹林，然后蒙头大睡，一汗而愈。谁也不愿常和医生交买卖。一旦病势转剧，伏枕哀鸣，深为造物小儿所苦，这时候就不能再忘记医生了。记得小时候家里延医，大驾一到，家人真是倒屣相迎，请入上座，奉茶献烟，环列伺候，毕恭毕敬。医生高踞上座并不谦让，吸过几十筒水烟，品过几盏茶，谈过了天气，叙过了家常，抱怨过了病家之多，此后才能开始他那一套望闻问切君臣佐使。再倒茶，再装烟，再扯几句淡话（这时节可别忘了偷偷地把"马钱"送交给车夫），然后恭送如仪。我觉得那威风不小。可是奉若神明也只限于这一短短的时期，一俟病人霍然，医生也就被丢在一旁。至于登报鸣谢、悬牌挂匾的事，我总怀疑究竟是何方主使，我想事前总有一个协定。有一个病人住医院，一只脚已经伸进了棺木，在病人看来这是一件至关重要的事情。在医生看来这是常见的事，老实说医生心里也是很着急的，他不能露出着急的样子，病人的着急是不能隐藏的，于是许愿说如果病瘳要捐赠医院若干若干，等到病愈出院早把心愿抛到九霄云外。医生追问他时，他说："我真说过这样的话吗？你看，当时我病得多厉害！"大概病人对医生没有多少好感，不病时以医生为不祥，既病则不能不委曲逢迎他，病好了就把他一脚踢开。人是这样的忘恩负义的一种动物，有几个人能像Androclus（安德罗克勒斯）遇见的那只狮子？所以医生以丑角的姿态在舞台上出现，正好替观众发泄那平时不便表示的积愤。

可是医生那一方面也有许多别扭的地方。他若是登广告，和颜悦色地招徕主顾，立刻有人挖苦他："你们要找庸医吗？打开报纸一看便是。"所以他被迫采取一种防御姿势，要相当地傲岸。尽管门口鬼多人少，也得做出忙的样子。请他去看病，他不能去得太早，要等你三催六请，像大旱后之云霓一般而出现。没法子，忙。你若是登门求治，挂号的号码总是第九十几号，虽然不至于拉上自己的太太小姐，坐在候诊室里来壮声势，总得摆出一种排场，令你觉得他忙，忙得不能和你多说一句话，好像是算命先生如果要细批流年须要卦金另议一般。不过也不能一概而论，医生也有健谈的，病人尽管愁眉苦脸，他依然能谈笑风生。我还知道一些工于应酬的医生，在行医之前，先实行一套相法，把病人的身份打量一番，对什么样的人说什么样的话。明明是西医，他对一位老太婆也会说一套阴阳五行的伤寒论，对于愿留全尸的人他不坚持打针，对于怕伤元气的人他不用泻药。明明不知病原所在，他也得撰出一篇相当的脉案的说明，不能说不知道，"你不知道就是你没有本事"，说错了病原总比说不出病原令出诊费的人觉得不冤枉些。大概发烧即是火，咳嗽就是风寒，有痰就是肺热，腰疼即是肾亏，大致总没有错。摸不清病原也要下药，医生不开方就不是医生，好在符箓一般的药方也不容易被病人辨认出来。因为这种种情形的逼迫，医生不能不有一本生意经。

生意经最精的是兼营药业，诊所附设药房，开了方子立刻配药，几十个瓶子配来配去变化无穷，最大的成本是那盛药水的小瓶，收费言无二价。出诊的医生随身带着百宝箱，灵丹妙药一应俱全，更方便，连药剂师都自兼了。

天下是有不讲理的人的，"医生治病不治命"，但是打医生摘匾的事却也常有。所以话要说在前头，芝麻大的病也要说得如火如荼不可轻视，病好了是他的功劳，病死了怪不得人。如果真的疑难大症撞上门来，第一步先得说明来治太晚，第二步要模棱地说如果不生变化可保无虞，第三步是姑投以某某药剂以观后果，第四步是敬谢不敏另请高明，或是更漂亮地给介绍到某某医院，其诀曰："推。"

我并不责难医生。我觉得医生里面固然庸医不少,可是病人里面浑虫也很多。有什么样子的病人就有什么样的医生,天造地设。

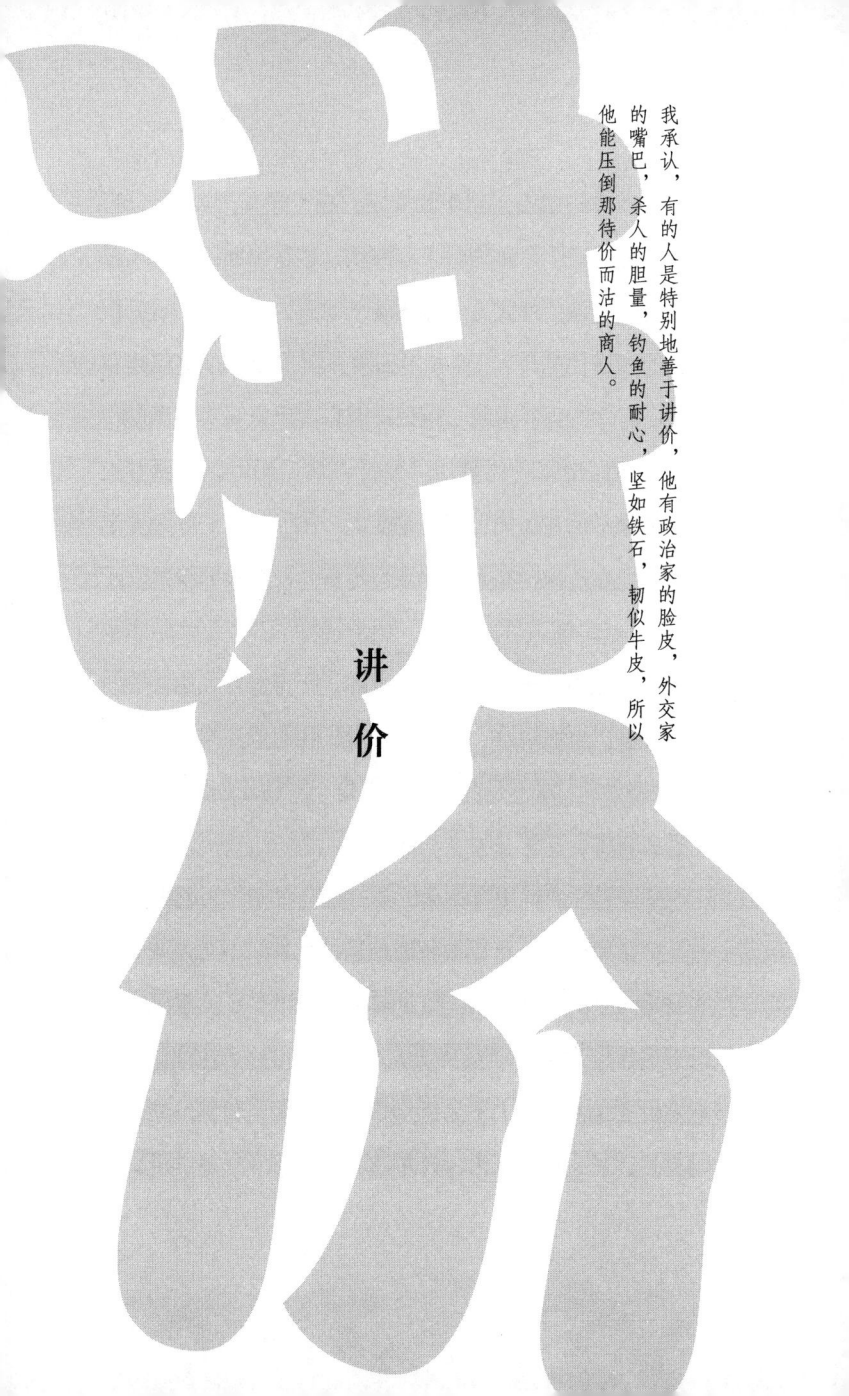

我承认，有的人是特别地善于讲价，他有政治家的脸皮，外交家的嘴巴，杀人的胆量，钓鱼的耐心，坚如铁石，韧似牛皮，所以他能压倒那待价而沽的商人。

讲价

韩康采药名山，卖于长安市，三十余年，口不二价。这并不是说三十余年物价没有波动，这是说他三十余年没有要过一次谎，就凭这一点怪脾气他的大名便入了《后汉书》的《逸民列传》。这并不证明买卖东西无须讲价是我们古已有之的固有道德，这只证明自古以来买卖东西就得要价还价，出了一位韩康，便是人瑞，便可以名垂青史了。韩康不但在历史上留下了佳话，在当时也是颇为著名的。一个女子向他买药，他守价不移，硬是没的少，女子大怒，说："难道你是韩康，一个钱没的少？"韩康本欲避名，现在小女子都知道他的大名，吓得披发入山。卖东西不讲价，自古以来，是多么难得！我们还不要忘记韩康"家世著姓"，本不是商人，如果是个"逐什一之利"的，有机会能得什二什三时岂不更妙？

　　从前有些店铺讲究货真价实，"言不二价""童叟无欺"的金字招牌偶然还可以很骄傲地悬挂起来，不必大减价雇吹鼓手，主顾自然上门。这种事似乎渐渐少了。童叟根本也不见得好欺侮，而且买卖大半是流动的，无所谓主顾，不讲价还是不过瘾，不七折八扣显着买卖不和气，交易一成买者就又会觉得上当。在尔虞我诈的情形之下，讲价便成为交易的必经阶段，反正是"漫天要价，就地还钱"。看看谁有本事谁讨便宜。

我买东西很少的时候能不比别人的贵。世界上有一种人，喜欢到人家里面调查物价，看看你家里有什么东西都要打听一下是用什么价钱买的，除非你在每一事物上都粘上一个纸笺标明价格，否则将不胜其啰唣。最扫兴的是，我已经把真的价钱瞒起，自欺欺人地只说了一半的价钱来搪塞他，他有时还会把头摇得像个"拨浪鼓"似的，表示你上了弥天的大当！我承认，有的人是特别地善于讲价，他有政治家的脸皮，外交家的嘴巴，杀人的胆量，钓鱼的耐心，坚如铁石，韧似牛皮，所以他能压倒那待价而沽的商人。我曾虚心请教，大概归纳起来讲价的艺术不外下列诸端：

第一，要不动声色。进得店来，看准了他没有什么你就要什么，使得他显着寒碜，先有几分惭愧。然后无精打采地道出你所真心要买的东西，伙计于气馁之余，自然欢天喜地地捧出他的货色，价钱根本不会太高。如果偶然发现一项心爱的东西，也不可失声大叫，如获异宝，必要行若无事，淡然处之，于打听许多种物价之后，随意问询及之，否则你打草惊蛇，他便奇货可居了。

第二，要无情地批评。甘瓜苦蒂，天下物无全美。你把货物捧在手里，不忙鉴赏，先求其疵谬之所在，不厌其详地批评一番，尽量地道出它的缺点。有些物事，本是无懈可击的，但是"嗜好不能争辩"，你这东西是红的，我偏喜欢白的，你这东西是大的，我偏喜欢小的。总之，是要把东西褒贬得一文不值缺点百出，这时候伙计的脸上也许要一块红一块白的不大好看，但是他的心里软了，价钱上自然有了商量的余地，我在委曲迁就的情形之下来买东西，你在价钱上还能不让步吗？

第三，要狠心还价。先假设，自从韩康入山之后每个商人都是说谎的。不管价钱多高，拦腰一砍。这需要一点胆量，狠得下心，说得出口，要准备看一副嘴脸。人的脸是最容易变的，用不了加多少钱，那副愁云惨雾的苦脸立刻开霁，露出一缕春风。但这是最紧要的时候，这是耐心的比赛，谁性急谁失败，他一文一文地减，你就一文一文地加。

第四，要有反顾的勇气。交易实在不成，只好掉头而去，也许走不了好远，他会请你回来，如果他不请你回来，你自己要有回来的勇气，不能负气，不能讲究"义不反顾，计不旋踵"。讲价到了这个地步，也就山穷水尽了。

这一套讲价的秘诀，知易行难，所以我始终未能运用。我怕费功夫，我怕伤和气，如果我粗脖子红脸，我身体受伤，如果他粗脖子红脸，我精神上难过，我聊以解嘲的方法是记起郑板桥爱写的那四个大字："难得糊涂。"

《淮南子》明明地记载着"东方有君子之国"，但是我在地图上却找不到。《山海经》里也记载着君子国"衣冠带剑……其人好让不争"。但只有《镜花缘》给君子国透露了一点消息。买物的人说："老兄如此高货，却讨恁般贱价，教小弟买去，如何能安？务求将价加增，方好遵教。若再过谦，那是有意不肯赏光交易了。"卖物的人说："既承照顾，敢不仰体！但适才妄讨大价，已觉厚颜；不意老兄反说货高价贱，岂不更教小弟惭愧？况敝货并非'言无二价'，其中颇有虚头。"照这样讲来，君子国交易并非言无二价，也还是要讲价的，也并非不争，也还有要费口舌唾液的。什么样的国家，才能买东西不讲价呢？我想与其讲价而为对方争利，不如讲价而为自己争利，比较地合于人类本能。

有人传授给我在街头雇车的秘诀：街头孤零零的一辆车，车夫红光满面鼓腹而游的样子，切莫睬他，如果三五成群鸠形鹄面，你一声吆喝便会蜂拥而来，竞相延揽，车价会特别低廉。在这里我们发现人性的一面——残忍。

广告

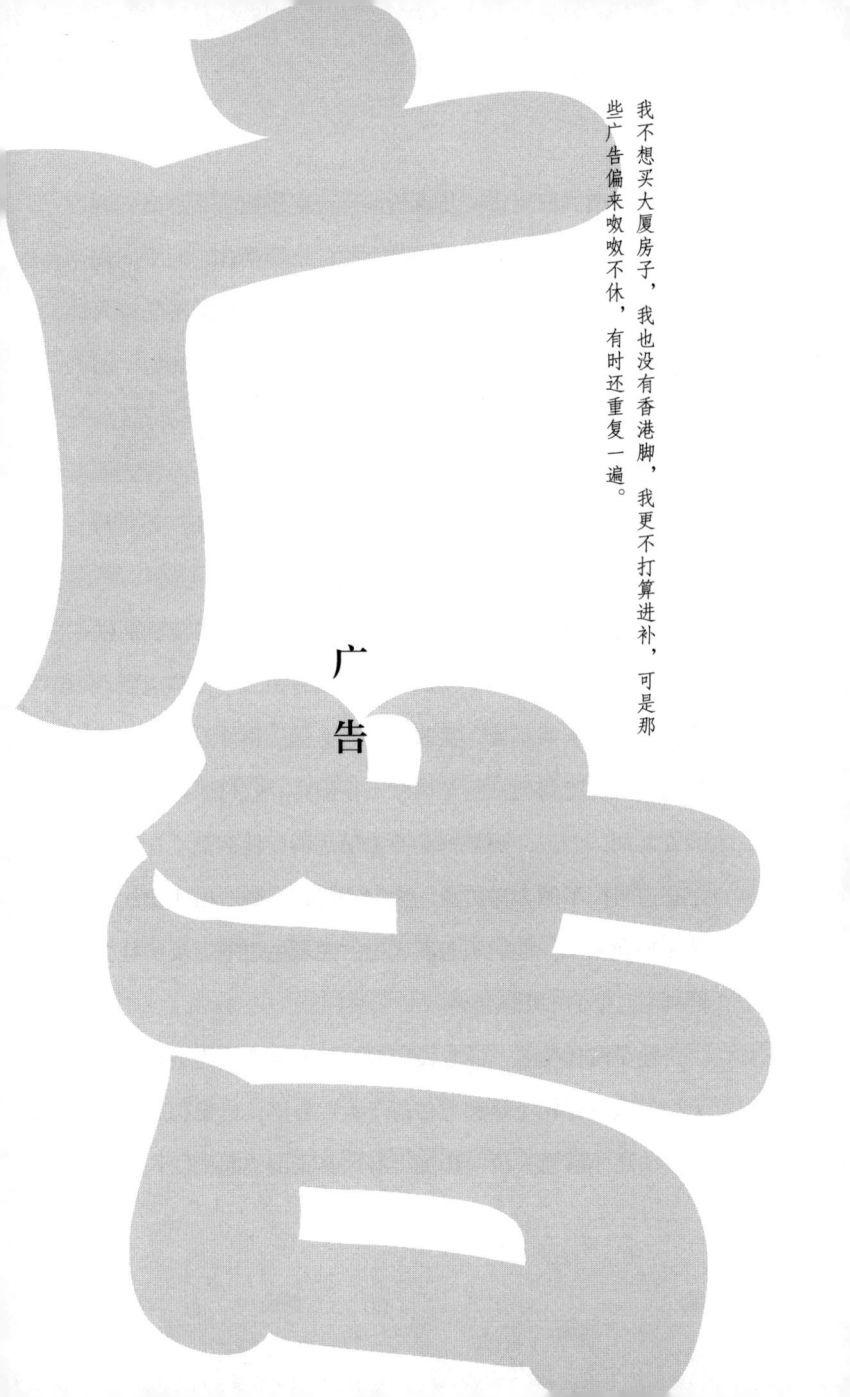

我不想买大厦房子,我也没有香港脚,我更不打算进补,可是那些广告偏来呶呶不休,有时还重复一遍。

从前旧式商家讲究货真价实，一旦做出了名，口碑载道，自然生意鼎盛，无须大吹大擂，广事招徕。北平同仁堂乐家老铺，小小的几间门面，比街道的地面还低矮两尺，小小的一块匾，没有高擎的"丸散膏丹道地药材"的大招牌，可是每天一开门就是顾客盈门，里三层外三层，真是挤得水泄不通（那时候还没有所谓排队之说）。没人能冒用同仁堂的名义，同仁堂只此一家，别无分店，要抓药就要到大栅栏去挤。

这种情形不独同仁堂一家为然。买服装衣料就到瑞蚨祥，买茶叶就到东鸿记西鸿记，准没有错。买酱羊肉到月盛斋，去晚了买不着。买酱菜到六必居，也许是严嵩的那块匾引人。吃螃蟹、涮羊肉就到正阳楼，吃烤牛肉就要照顾安儿胡同老五，喝酸梅汤要去信远斋。他们都不在报纸上登广告，不派人撒传单。大家心里都有数。做买卖的规规矩矩做买卖，他们不想发大财，照顾主也老老实实地做照顾主，他们不想试新奇。

但是时代变了，谁也没有办法教它不变。先是在前门大街信昌洋行楼上竖起"仁丹"大广告牌，好像那翘胡子的人头还不够惹人厌，再加上夸大其词的"起死回生"的标语。犹嫌招摇不够尽兴，再补上一个由一群叫花子组成的乐队，吹吹打打，穿行市街。仁丹是还不错，可是日本人那一套宣传伎俩，我觉得太讨厌了。

由西直门通往万寿山那一条大道，中间黄土铺路，经常有清道夫一勺一勺地泼水，两边是大石板路，供大排子车使用，边上种植高大的柳树，古道垂杨，夹道飘拂，颇为壮观可喜。不知从哪一天起，路边转弯处立起了一两丈高的大木牌，强盗牌的香烟，大联珠牌的香烟，如雨后春笋出现了。我每周末在这大道上来往一回，只觉得那广告生了破坏景观之效，附带着还惹人厌。我不吸烟，到了吸烟的年龄我也自知选择，谁也不会被一个广告牌子所左右。

坐火车到上海，沿途看见"百龄机"的广告牌子，除了三个大字之外还有一行小字"有意想不到之效力"。到底那百龄机是什么东西，有什么意想不到的效力，谁也说不清，就这样糊里糊涂地产生了广告效果，不少人盲从附和。《小说月报》《东方杂志》也出现了"红色补丸"的广告，画的是一个佝偻着腰的老人，手扶着胯，旁边注着"图中寓意"四个字。寓什么意？补丸而可以用颜色为名，我只知道明末三大案，皇帝吃了红丸而暴崩。

这些都还是广告术的初期亮相。尔后，广告方式日新月异，无孔不入，大有泛滥成灾之势。广告成了工商业的出品成本之重要项目。

报纸刊登广告，是天经地义。人民大众利用刊登广告的办法，可以警告逃妻，可以凤求凰或凰求凤，可以叫卖价格低廉而美轮美奂的琼楼玉宇，可以报失，可以道歉，可以鸣谢救火，可以感谢良医，可以宣扬仙药，可以贺人结婚，可以贺人家的儿子得博士学位，可以一大排一大排讣告某某董事长的死讯，可以公开诉愿喊冤，可以公开歌功颂德，可以宣告为某某举办冥寿，可以公告拒绝往来户，可以揭露各种考试的金榜，可以……不胜枚举。我的感想是：广告太多了，时常把新闻挤得局处一隅。有些广告其实是浪费，除了给报馆增加收益之外，不免令读者报以冷眼，甚或嗤之以鼻。同时广告所占篇幅有时也太大了，其实整版整页的大广告吓不倒人。外国的报纸，不限张数，广告更多，平常每日出好几十张，星期日甚至好几百页，报童暗暗叫苦，收垃圾的人也吃不消。我国的报纸好像情形好些，广告再多也是在那三大张之内，然而已经令人感到泛滥成灾了。

杂志非广告不能维持，其中广告客户不少是人情应酬，并非心甘情愿送上门来，可是也有声望素著的大刊物，一向以不登载广告为傲，也禁不住经济考虑而大开广告之门。我们不反对刊物登载广告，只是登载广告的方式值得研究。有些杂志的广告部分特别选用重磅的厚纸，彩色精印，有喧宾夺主之势，更有鱼目混珠之嫌。有人对我说，这样的刊物到他手里，对不起，他时常先把广告部分尽可能地撕除净尽，然后再捧而读之。我说他做得过分，辜负了广告客户的好意，他说为了自卫，情非得已。他又说，利用邮递投送广告函的，他也是一律原封投入字纸篓里，他没有工夫看。

我不懂为什么大街小巷有那么多的搬家小广告到处乱贴，墙上、楼梯边、电梯内，满坑满谷。没有地址，只具电话号码。粘贴得还十分结实，洗刷也不容易。更有高手大概会飞檐走壁，能在大厦二三丈高处的壁上张贴。听说取缔过一阵，但是"野火烧不尽，春风吹又生"了。

有吉房招租的人，其心情之急是可以理解的。在报纸上登个分类小广告也就可以了，何必写红纸条子到处乱贴。我最近看到这样的大张红纸条子贴在路旁邮箱上了。显然有人去撕，但是撕不掉，经过多日雨淋才脱落一部分，现在还剩有斑驳的纸痕留在邮箱上！

电视上的广告更不必说，天下没有白吃的午餐，没有广告哪里能有节目可看？可是那些广告逼人而来，真煞风景。我不想买大厦房子，我也没有香港脚，我更不打算进补，可是那些广告偏来呶呶不休，有时还重复一遍。有人看电视，一见广告上映，登时闭上眼睛养神，我没有这样的本领，我一闭眼就真个睡着了。我应变的办法是只看没有广告的一段短短的节目，广告一来我就关掉它。这样做，我想对自己没有多大损失。

早起打开报纸，触目烦心的是广告，广告；出去散步映入眼帘的又是广告，广告；午后绿衣人来投送的也多是广告，广告；晚上打开电视仍然少不了广告，广告。每日生活被广告折磨得够苦，要想六根清净，看来颇不容易。

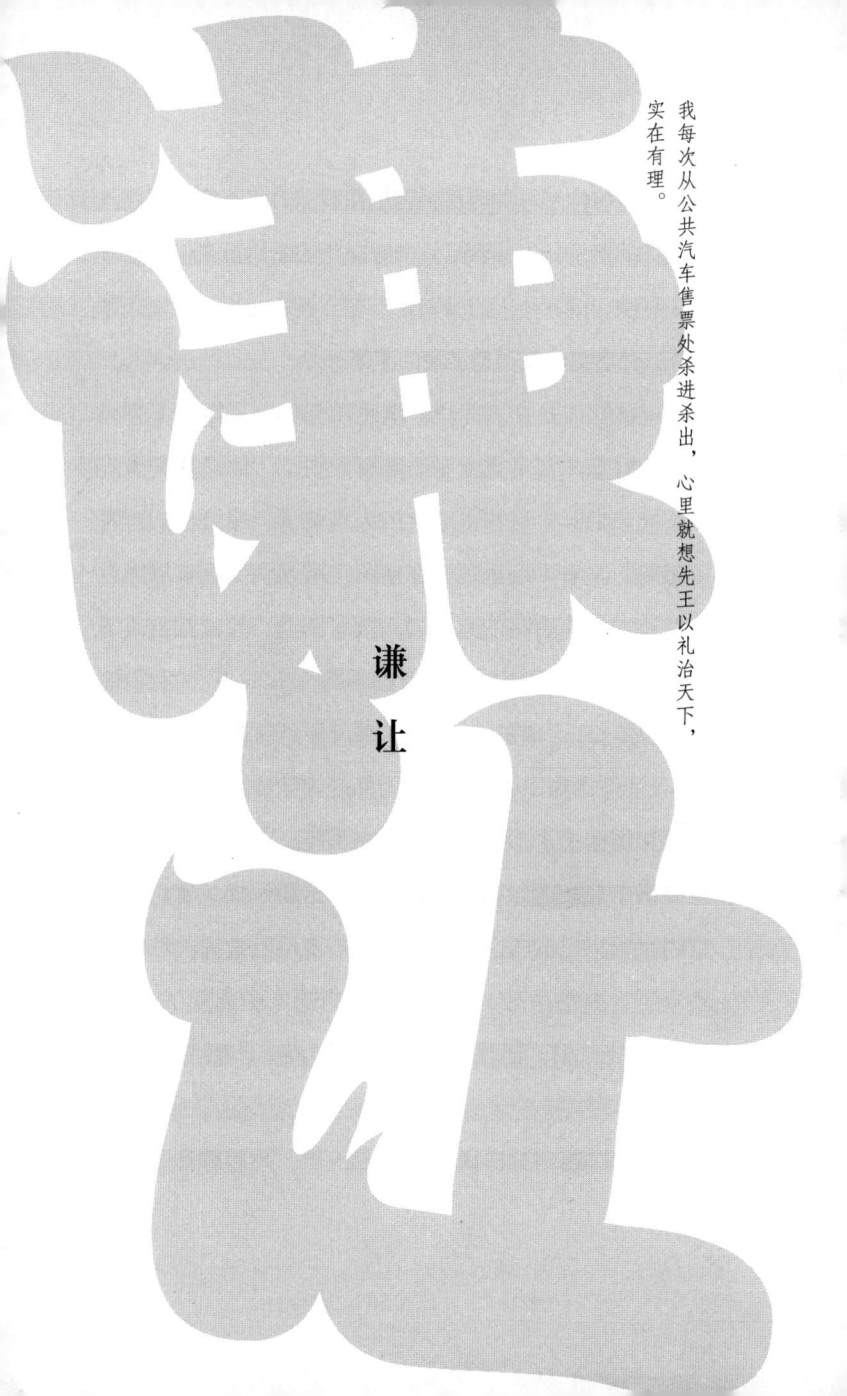

我每次从公共汽车售票处杀进杀出,心里就想先王以礼治天下,实在有理。

谦让

谦让仿佛是一种美德，若想在眼前的实际生活里寻一个具体的例证，却不容易。类似谦让的事情近来似很难得发生一次。就我个人的经验说，在一般宴会里，客人入席之际，最容易看见类似谦让的事情。

一群客人挤在客厅里，谁也不肯先坐，谁也不肯坐首座，好像"常常登上座，渐渐入祠堂"的道理是人人所不能忘的。于是你推我让，人声鼎沸。辈分小的，官职低的，垂着手远远地立在屋角，听候调遣。自以为有占首座或次座资格的人，无不攘臂而前，拉拉扯扯，不肯放过他们表现谦让的美德的机会。有的说："我们序齿，你年长！"有的说："我常来，你是稀客！"有的说："今天非你上座不可！"事实固然是为让座，但是当时的声浪和唾沫星子却都表现得像在争座。主人觍着一张笑脸，偶尔插一两句嘴，作鹭鸶笑。这场纷扰，要直到大家的兴致均已低落，该说的话差不多都已说完，然后急转直下，突然平息，本就该坐上座的人便去就了上座，并无苦恼之相，而往往是显出踌躇满志、顾盼自雄的样子。

我每次遇到这样谦让的场合，便会想起聊斋中的一个故事：一伙人在热烈地让座，有一位扯着另一位的袖子，硬往上拉，被拉的人硬往后躲，双方势均力敌，突然拉着袖子的手一松，被拉的那只胳臂猛然向后一缩，胳臂肘尖正撞在后面站着的一位驼背朋友的两只特别凸出的大门牙上，咔嚓一声，双牙落地！我每忆起这个乐极生悲的故事，为明哲保身起见，在让座时我总躲得远远的。等风波过后，剩下的位置是我的，首座也可以，坐上去并不头晕，末座亦无妨，我也并不因此少吃一口。我不谦让。

考让座之风之所以如此盛行，其故有二。第一，让来让去，每人总有一个位置，所以一面谦让，一面稳有把握。假如主人宣布，位置只有十二个，客人却有十四位，那便没有让座之事了。第二，所让者是个虚荣，本来无关宏旨，凡是半径都是一般长，所以坐在任何位置（假如是圆桌）都可以享受同样的利益。假如明文规定，凡坐过首席若干次者，在铨叙上特别有利，我想让座的事情也就少了。我从不曾看见，在长途公共汽车车站售票的地方，如果没有木制的长栅栏，而还能够保留一点谦让之风！因此我发现了一般人处世的一条道理，那便是：可以无须让的时候，则无妨谦让一番，于人无利，于己无损；在该让的时候，则不谦让，以免损己；在应该不让的时候，则必定谦让，于己有利，于人无损。

小时候读到孔融让梨的故事，觉得实在难能可贵，自愧弗如。一只梨的大小，虽然微屑不足道，但对于一个四五岁的孩子，其重要或者并不下于一个公务员之心理盘算简、荐、委。有人猜想，孔融那几天也许肚皮不好，怕吃生冷，乐得谦让一番。我不敢这样妄加揣测。不过我们要承认，利之所在，可以使人忘形，谦让不是一件容易的事。孔融让梨的故事，发扬光大起来，确有教育价值，可惜并未发生多少实际的效果：今之孔融，并不多见。

谦让作为一种仪式，并不是坏事，像天主教会选任主教时所举行的仪式就蛮有趣。就职的主教照例地当众谦逊三回，口说"nolo episcopari"，意即"我不要当主教"，然后照例地敦促三回终于勉为其难了。我觉得这样的仪式比宣誓就职之后再打通电话声明固辞不获要好得多。谦让的仪式行久了之后，也许对于人心有潜移默化之功，使人在争权夺利奋不顾身之际，不知不觉地举行起谦让的仪式。可惜我们人类的文明史尚短,潜移默化尚未能奏大效,露出原始人的狰狞面目的时候要比雍雍穆穆地举行谦让仪式的时候多些。我每次从公共汽车售票处杀进杀出,心里就想先王以礼治天下,实在有理。

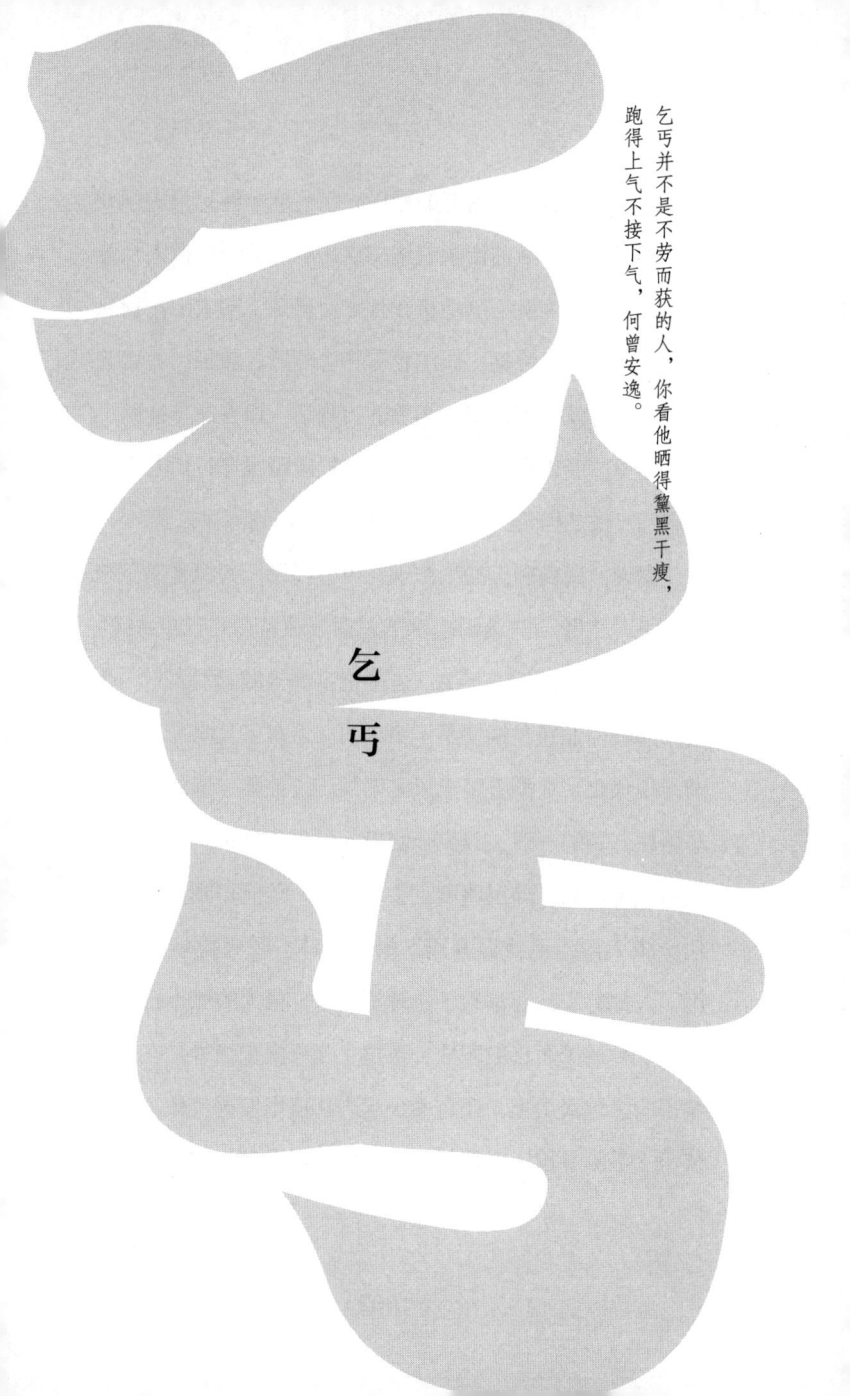

乞丐并不是不劳而获的人,你看他晒得黧黑干瘦,跑得上气不接下气,何曾安逸。

乞丐

在我住的这一个古老的城里，乞丐这一种光荣的职业似乎也式微了。从前街头巷尾总点缀着一群三分像人七分像鬼的家伙，缩头缩脑地挤在人家房檐底下晒太阳，捉虱子，打瞌睡，啜冷粥，偶尔也有些个能挺起腰板，露出笑容，老远地就打躬请安，满嘴的吉祥话，追着洋车能跑上一里半里，喘得像只风箱。还有些扯着哑嗓穿行街巷大声地哀号，像是担贩的吆喝。这些人现在都到哪里去了？

据说，残羹剩饭的来源现在不甚畅了，大概是剩下来的鸡毛蒜皮和一些汤汤水水的东西都被留着自己度命了，家里的一个大坑还填不满，怎能把余沥去滋润别人！一个人单靠喝西北风是维持不了多久的。追车乞讨吗？车子都渐渐现代化，在沥青路上风驰电掣，飞毛腿也追不上。汽车停住，砰的一声，只见一套新衣服走了出来，若是一个乞丐赶上前去，伸出胳膊，手心朝上，他能得到什么？给他一张大票，他找得开吗？沿街托钵，呼天抢地也没有用。人都穷了，心都硬了，耳都聋了。偌大的城市已经养不起这种近于奢侈的职业。不过，乞丐尚未绝种，在靠近城市的大垃圾山上，还有不少同志在那里发掘宝藏，埋头苦干，手脚并用，一片喧阗。他们并不扰乱治安，也不侵犯产权，但是，说老实话，这群乞丐，无益税收，有碍市容，所以难免不像捕捉野犬那样被捉了去。饿死的饿死，老成凋谢，继起无人，于是乞丐一业逐渐衰微。

在乞丐的艺术还很发达的时候，有一个乞讨的妇人给我很深的印象。她的巡回的区域是在我们学校左边。她很知道争取青年，专以学生为对象。她看见一个学生远远地过来，她便在路旁立定，等到走近，便大喊一声"敬礼"，举手、注视，一切如仪。她不喊"爷爷""奶奶"，她喊"校长"，她大概知道新的升官图上的晋升的层次。随后是她的申诉，其中主要的一点是她的一个老母，年纪是八十。她继续乞讨了五六年，老母还是八十。她很机警，她追随几步之后，若是觉得话不投机，她的申诉便戛然而止，不像某些文章那样啰唆。她若是得到一个铜板，她的申诉也戛然而止，像是先生听到下课铃声一般。这个人如果还活着，我相信她一定能编出更合时代潮流的一套新词。

我说乞丐是一种光荣的职业，并不含有鼓励懒惰的意思。乞丐并不是不劳而获的人，你看他晒得黧黑干瘦，跑得上气不接下气，何曾安逸。而且他取不伤廉，勉强维持他的灵魂与肉体不至涣散而已。他的乞食的手段不外两种：一是引人怜，一是讨人厌。他满口"祖宗""奶奶"地乱叫，听者一旦发生错觉，自己的孝子贤孙居然沦落到这地步，恻隐之心就会油然而起。他若是背有瞎眼的老妈在你背后亦步亦趋，或是把畸形的腿露出来给你看，或是带着一窝的孩子环绕着你叫唤，或是在一块硬砖上稽颡在额上撞出一个大包，或是用一根草棍支着那有眼无珠的眼皮，或是像一个"人彘"似的就地擦着，或者申说遭遇，比"舍弟江南死，家兄塞北亡"还要来得凄怆，那么你那磨得梆硬的心肠也许要露出一丝的怜悯。怜悯不能动人，他还有一套讨厌的办法。他满脸的鼻涕眼泪，你越厌烦，他挨得越近，看看随时都会贴上去的样子，这时你便会情愿出钱打发他走开，像捐款做一桩卫生事业一般。不管是引人怜或是讨人厌，不过只是略施狡狯，无伤大雅。他不会伤人，他不会犯法；从没有一个人想伤害一个乞丐，他的那一把骨头，不足以当尊臂，从没有一种法律要惩治乞丐，乞丐不肯触犯任何法律所以才成为乞丐。乞丐对社会无益，至少也是并无大害，顶多是有一点有碍观瞻，如有外人参观，稍稍避一下也就罢了。有人认为乞丐是社会的寄生虫，话并不错，不过在寄生虫这一门里，白胖的多的是，一时怕数不到他吧？

从没有听说过什么人与乞丐为友，因而亦流于乞丐。乞丐永远是被认为现世报的活标本。他的存在饶有教育意义。无论交友多么滥的人，也交不到乞丐，乞丐自成为一个阶级，真正的"无产"阶级（除了那只砂锅），乞丐是人群外的一种人。他的生活之最优越处是自由；鹑衣百结，无拘无束，街头流浪，无签到请假之烦，只求免于冻馁，富贵于我如浮云。所以俗语说："三年要饭，给知县都不干。"乞丐也有他的穷乐。我曾想象一群乞丐享用一只"花子鸡"的景况，我相信那必是一种极纯洁的快乐。查尔斯·兰姆（Charles Lamb）对于乞丐有这样的赞颂：

褴褛的衣衫，是贫穷的罪过，却是乞丐的袍褂，他的职业的优美的标志，他的财产，他的礼服，他公然出现于公共场所的服装。他永远不会过时，永远不追在时髦后面。他无须穿着宫廷的丧服。他什么颜色都穿，什么也不怕。他的服装比贵格教派的人经过的变化还少。他是宇宙间唯一可以不拘外表的人。世间的变化与他无干。只有他屹然不动。股票与地产的价格不影响他。农业的或商业的繁荣也与他无涉,最多不过是给他换一批施主。他不必担心有人找他作保。没有人肯过问他的宗教或政治倾向。他是世界上唯一的自由人。

话虽如此,不到山穷水尽谁也不肯做这样的自由人。只有一向做神仙的,如李铁拐和济公之类,游戏人间的时候,才肯短期地化身为一个乞丐。

孩子

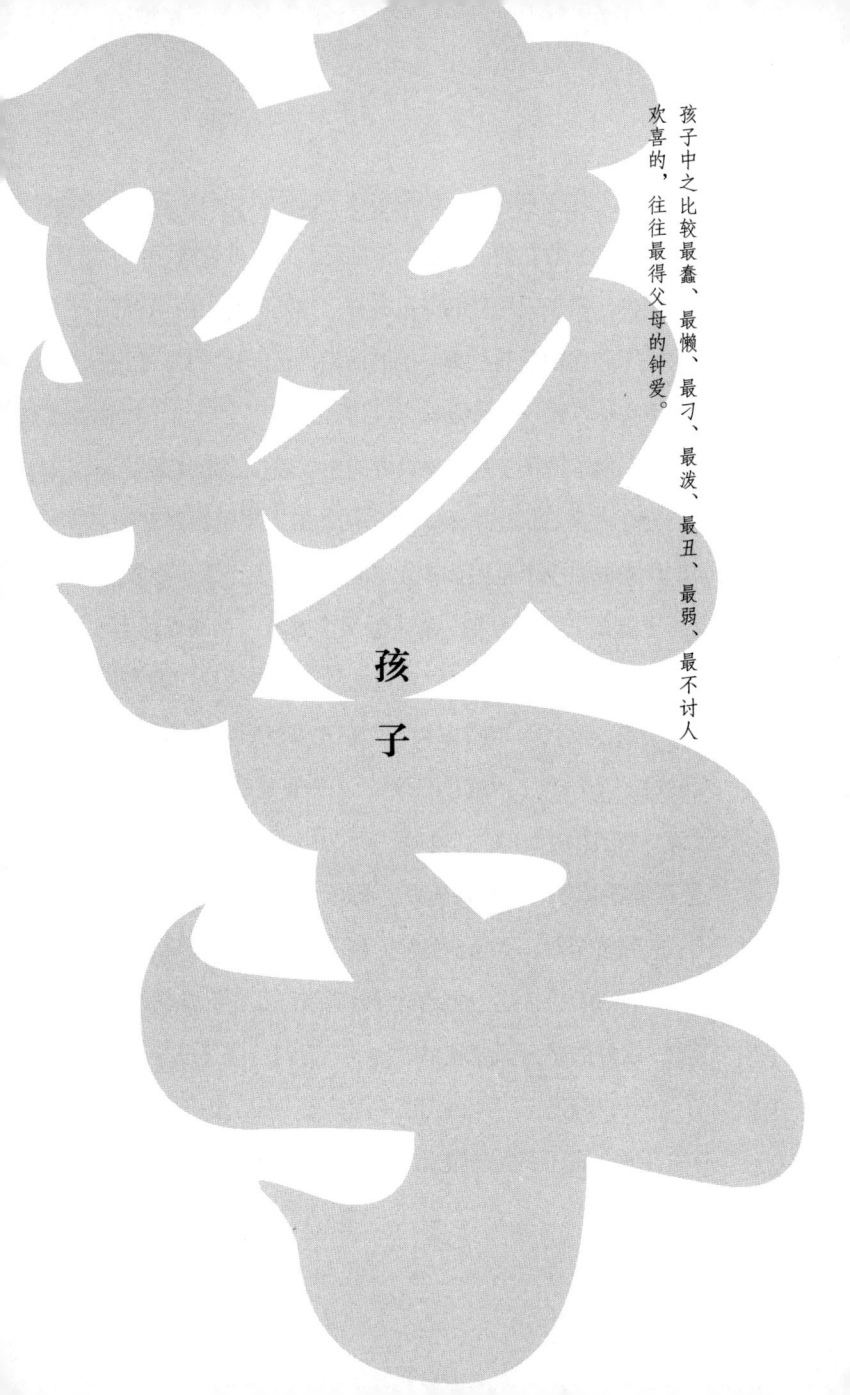

孩子中之比较最蠢、最懒、最刁、最泼、最丑、最弱、最不讨人欢喜的,往往最得父母的钟爱。

兰姆是终身未娶的，他没有孩子，所以他有一篇《未婚者的怨言》收在他的《伊利亚随笔》里。他说孩子没有什么稀奇，等于阴沟里的老鼠一样，到处都有，所以有孩子的人不必在他面前炫耀。他的话无论是怎样中肯，但在骨子里有一点酸——葡萄酸。

我一向不信孩子是未来世界的主人翁，因为我亲见孩子到处在做现在的主人翁。孩子活动的主要范围是家庭，而现代家庭很少不是以孩子为中心的。一夫一妻不能成为家，没有孩子的家像是一株不结果实的树，总缺点什么；必定等到小宝贝呱呱坠地，家庭的柱石才算放稳，男人开始做父亲，女人开始做母亲，大家才算找到各自的岗位。我问过一个并非"神童"的孩子："你妈妈是做什么的？"他说："给我缝衣的。""你爸爸呢？"小宝贝翻翻白眼："爸爸是看报的！"但是他随即更正说："是给我们挣钱的。"孩子的回答全对。爹妈全是在为孩子服务。母亲早晨喝稀饭，买鸡蛋给孩子吃；父亲早晨吃鸡蛋，买鱼肝油精给孩子吃。最好的东西都要献呈给孩子，否则，做父母的心里便起惶恐，像是做了什么大逆不道的事一般。孩子的健康及其舒适，成为家庭一切设施的一个主要先决问题。这种风气，自古已然，于今为烈。自有小家庭制以来，孩子的地位顿时提高，以前的"孝子"是孝顺其父母之子，今之所谓"孝子"乃是孝顺其孩子之父母。孩子是一家之主，父母都要孝他！

"孝子"之说，并不偏激。我看见过不少的孩子，鼓噪起来能像一营兵；动起武来能像械斗；吃起东西来能像饿虎扑食；对于尊长宾客有如生番；不如意时撒泼打滚有如羊痫；玩得高兴时能把家具什物狼藉满室，有如惨遭洗劫……但是"孝子"式的父母则处之泰然，视若无睹，顶多皱起眉头，但皱不过三四秒钟仍复堆下笑容，危及父母的生存和体面的时候，也许要狠心咒骂几声，但那咒骂大部分是哀怨乞怜的性质，其中也许带一点威吓，但那威吓只能得到孩子的讪笑，因为那威吓是向来没有兑现过的。"孟懿子问孝，子曰：'无违。'"今之"孝子"深韪是说。凡是孩子的意志，为父母者宜多方体贴，勿使稍受挫阻。近代儿童教育心理学者又有"发展个性"之说，与"无违"之说正相符合。

体罚之制早已被人唾弃，以其不合儿童心理健康之故。我想起一个外国的故事：

一个母亲带孩子到百货商店。经过玩具部，看见一匹木马，孩子一跃而上，前摇后摆，踌躇满志，再也不肯下来。那木马不是为出售的，是商店的陈设。店员们叫孩子下来，孩子不听；母亲叫他下来，加倍不听；母亲说带他吃冰激凌去，依然不听；买朱古力糖去，格外不听。任凭许下什么愿，总是还你一个不听。当时演成僵局，顿成胶着状态。最后一位聪明的店员建议说："我们何妨把百货商店特聘的儿童心理学专家请来解围呢？"众谋佥同，于是把一位天生成有教授面孔的专家从八层楼请了下来。专家问明原委，轻轻走到孩子身边，附耳低声说了一句话，那孩子便像触电一般，滚鞍落马，牵着母亲的衣裙，仓皇遁去。事后有人问那专家到底对孩子说的是什么话，那专家说："我说的是：'你若不下马，我打碎你的脑壳！'"

这专家真不愧为专家，但是颇有不孝之嫌。这孩子假如平常受惯了不兑现的体罚、威吓，则这专家亦将无所施其技了。约翰逊博士主张不废体罚，他以为体罚的妙处在于直截了当，然而约翰逊博士是十八世纪的人，不合时代潮流！

哈代有一首小诗，写孩子初生，大家誉为珍珠宝贝，稍长都夸作玉树临风，长成则为非作歹，终至于陈尸绞架。这老头子未免过于悲观。但有"幼有神童之誉，少怀大志，长而无闻，终乃与草木同朽"——这确是个可以普遍应用的公式。"小时聪明，大时未必了了。"究竟是知言，然而为父母者多属乐观。孩子才能骑木马，父母便幻想他将来指挥十万貔貅时之马上雄姿；孩子才把一曲抗战小歌哼得上口，父母便幻想他将来喉声一啭彩声雷动时的光景；孩子偶然拨动算盘，父母便暗中揣想他将来或能掌握财政大权，同时兼营投机买卖……这种乐观往往形诸言语，成为炫耀，使旁观者有说不出的感想。曾见一幅漫画：一个孩子跪在他父亲的膝头用他的玩具敲打他父亲的头，父亲眯着眼在笑，那表情像是在宣告："看看！我的孩子！多么活泼，多么可爱！"旁边坐着一位客人咧着大嘴做傻笑状，表示他在看着，而且感觉兴趣，这幅画的标题是《演剧术》。一个客人看着别人家的孩子而能表示感觉兴趣，这真确实需要良好的"演剧术"。兰姆显然是不欢喜这样的戏。

孩子中之比较最蠢、最懒、最刁、最泼、最丑、最弱、最不讨人欢喜的，往往最得父母的钟爱。此事似颇费解，其实我们应该记得《西游记》中唐僧为什么偏偏欢喜猪八戒。

谚云"树大自直"，意思是说孩子不需管教，小时恣肆些，大了自然会好。可是弯曲的小树，长大是否会直呢？我不敢说。

同学

不过一向为人卑鄙、投机取巧之辈，以后无论如何翻云覆雨，也逃不过老同学的法眼。

同学,和同乡不同。只要是同一乡里的人,便有乡谊。同学则一定要有同窗共砚的经验,在一起读书,在一起淘气,在一起挨打,才能建立起一种亲切的交情,尤其是日后回忆起来,别有一番情趣。纵不十年窗下,至少三五年的聚首总是有的。从前书房狭小,需要大家挤在一个窗前,窗间也许着一鸡笼,所以书房又名曰鸡窗。至于梆硬死沉的砚台,大家共用一个,自然是经济合理。

自有学校以来,情形不一样了。动辄几十人一班,百多人一级,一批一批地毕业,像是蒸锅铺的馒头,一屉一屉地发售出去。他们是一个学校的毕业生,毕业的时间可能相差几十年。祖父和他的儿孙可能是同一学校毕业,但是不便称为同学。彼此相差个十年八年的,在同一学校里根本没有碰过头的人,只好勉强解嘲自称为先后同学了。

小时候的同学,几十年后还能知其下落的恐怕不多。我小学同班的同学二十余人,现在记得姓名的不过四五人。其中年龄较长身材最高的一位,我永远不能忘记,他半长的头发用红头绳紧密扎起小辫子,在脑后挺然翘起,像是一根小红萝卜。他善吹喇叭,毕业后投步军统领门当兵,在"堆子"前面站岗,挂着上刺刀的步枪,蛮神气的。有一位满脸疙瘩噜苏,大家送他一个绰号"小炸丸子",人缘不好,偏爱惹事。有一天犯了众怒,几个人把他抬上讲台,按住了手脚,扯开他的裤带,每个人在他裤裆里吐一口唾液!我目睹这惊人的暴行,难过很久。又有一位好奇心强,见了什么东西都喜欢动手,有一天迟到,见了老师为实验冷缩热胀的原理刚烧过的一只铁球,过去一把抓起,大叫一声,手掌烫出一片的溜浆大泡。功课最好写字最工整的一位,规行矩步,主任老师最赏识他,毕业后,于某大书店分行由学徒做到经理。再有一位由办事员做到某部司长。此外则人海茫茫,我就都不知其所终了。

有人成年之后怕看到小时候的同学,因为他可能看见过你一脖子泥、鼻涕过河往袖子上抹的那副脏相,他也许看见过你被罚站、打手板的那副窘相。他知道你最怕人知道你的乳名,不是"大和尚"就是"二秃子",不是"栓子"就是"大柱子",他会冷不防地在大庭广众之中猛喊你的乳名,使你脸红。不过我觉得这也没有什么不好。小时候嬉嬉闹闹，天真率直，那一段纯稚的光景已一去而不可复得，如果长大之后还能邂逅一两个总角之交，勾起童时的回忆，不也快慰平生吗？

我进了中学便住校，一住八年。同学之中有不少很要好的，友谊保持数十年不坠，也有因故翻了脸掐过脖子的。大多数只是在我心中留下一个面貌謦欬的影子。我那一级同学有八九十人，经过八年时间的淘汰过滤，毕业时仅得六七十人，而我现在记得姓名的约六十人。其中有早夭的，有因为一时糊涂顺手牵羊而被开除的，也有不知什么缘故忽然辍学的，而这剩下的一批，毕业之后多年来天各一方，大概是"动如参与商"了。我一九四九年来台湾，数同级的同学得十余人，我们还不时地杯酒联欢，恰满一桌。席间，无所不谈。谈起有一位绰号"烧饼"，因为他的头扁而圆，取其形似。在体育馆中他翻双杠不慎跌落，旁边就有人高呼："留神芝麻掉了！"烧饼早已不在，不死于抗战之时，而死于胜利之日，不死于敌人之手，而死于同胞之刀，谈起来大家无不唏嘘。又谈起一位绰号"臭豆腐"，只因他上作文课，卷子上涂抹之处太多，东一团西一块的尽是墨猪，老师看了一皱眉头说："你写的是什么字，漆黑一块块的，像臭豆腐似的！"（北方的臭豆腐是黑色的，方方的小块。）哄堂大笑，于是臭豆腐的绰号不胫而走。如今大家都做了祖父，这样的称呼不雅，同人公议，摘除其中的一个臭字，简称他为豆腐，直到如今。还有一位绰号叫"火车头"，因为他性偏急，出语如连珠炮，气咻咻，唾沫飞溅，做事横冲直撞，勇猛向前，所以赢得这样的一个绰号，抗战期间不幸死于日寇之手。我们在台的十几个同学，轮流做东，宴会了十几次，以后便一个个地凋谢，溃不成军，凑不起一桌了。

同学们一出校门，便各奔前程。因修习的科目不同，活动的范围自异。风云际会，拖青纡紫者有之；踵武陶朱，腰缠万贯者有之；有一技之长，出人头地者有之；而坐拥皋比，以至于吃不饱饿不死者亦有之。在校的时候，品学俱佳，头角峥嵘，以后未必有成就。所谓"小时了了，大未必佳"，确是不刊之论。不过一向为人卑鄙、投机取巧之辈，以后无论如何翻云覆雨，也逃不过老同学的法眼。所以有些人回避老同学唯恐不及。

杜工部漂泊西南的时候，叹老嗟贫，咏出"同学少年多不贱，五陵裘马自轻肥"的句子。那个"自"字好不令人惨然！好像是衮衮诸公裘马轻肥，就是不管他"一家都在秋风里"。其实同学少年这一段交谊不攀也罢。"衣敝缊袍，与衣狐貉者立"，纵然不以为耻，可是免不了要看人的嘴脸。

下棋

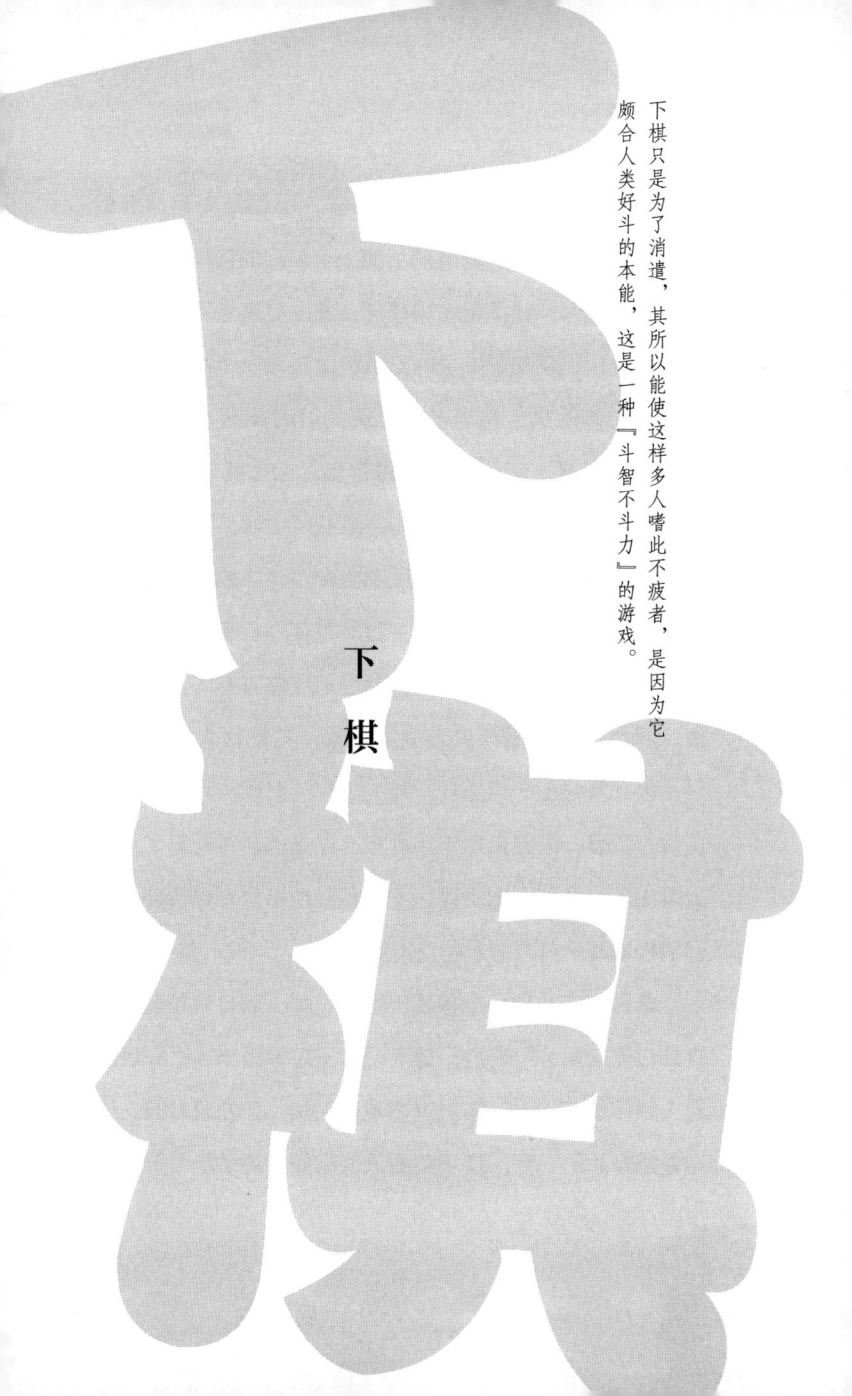

下棋只是为了消遣,其所以能使这样多人嗜此不疲者,是因为它颇合人类好斗的本能,这是一种「斗智不斗力」的游戏。

有一种人我最不喜欢和他下棋，那便是太有涵养的人。杀死他一大块，或是抽了他一个车，他神色自若，不动火，不生气，好像是无关痛痒，使你觉得索然寡味。君子无所争，下棋却是要争的。当你给对方一个严重威胁的时候，对方的头上青筋暴露，黄豆般的汗珠一颗颗地在额上陈列出来，或哭丧着脸做惨笑，或咕嘟着嘴做吃屎状，或抓耳挠腮，或大叫一声，或长吁短叹，或自怨自艾口中念念有词，或一串串的噎嗝打个不休，或红头涨脸如关公，种种现象，不一而足，这时节你"行有余力"便可以点起一支烟，或啜一碗茶，静静地欣赏对方的苦闷的象征。我想猎人困逐一只野兔的时候，其愉快大概略相仿佛。因此我悟出一点道理，和人下棋的时候，如果有机会使对方受窘，当然无所不用其极，如果被对方所窘，便努力做出不介意状，因为既然不能积极地给对方以苦痛，只好消极地减少对方的乐趣。

自古博弈并称，全是属于赌的一类，而且只是比"饱食终日无所用心"略胜一筹而已。不过弈虽小术，亦可以观人。相传有慢性人，见对方走当头炮，便左思右想，不知是跳左边的马好，还是跳右边的马好，想了半个钟头而迟迟不决，急得对方拱手认输。是有这样的慢性人，每一着都要考虑，而且是加慢的考虑，我常想这种人如加入龟兔竞赛，也必定可以获胜。也有性急的人，下棋如赛跑，噼噼啪啪，草草了事，这仍旧是饱食终日无所用心的一贯作风。下棋不能无争，争的范围有大有小，有斤斤计较而因小失大者，有不拘小节而眼观全局者，有短兵相接做生死斗者，有各自为战而旗鼓相当者，有赶尽杀绝一步不让者，有好勇斗狠同归于尽者，有一面下棋一面诮骂者，但最不幸的是争的范围超出了棋盘而拳足交加。有下象棋者，久而无声响，排闼视之，阒不见人，原来他们是在门后角里扭作一团，一个人骑在另一个人的身上，在他的口里挖车呢。被挖者不敢出声，出声则口张，口张则车被挖回，挖回则必悔棋，悔棋则不得胜，这种认真的态度憨得可爱。我曾见过二人手谈，起先是坐着，神情潇洒，望之如神仙中人，俄而棋势吃紧，两人都站起来了，剑拔弩张，如斗鹌鹑，最后到了生死关头，两个人跳到桌子上去了！

笠翁《闲情偶寄》说弈棋不如观棋，因观者无得失心，观棋是有趣的事，如看斗牛、斗鸡、斗蟋蟀一般，但是观棋也有难过处，观棋不语是一种痛苦。喉间硬是痒得出奇，思一吐为快。看见一个人要入陷阱而不作声是几乎不可能的事，如果说得中肯，其中一个人要厌恨你，暗暗地骂你一声："多嘴驴！"另一个人也不感激你，心想："难道我还不晓得这样走！"如果说得不中肯，两个人要一齐嗤之以鼻："无见识奴！"如果根本不说，憋在心里，受病。所以有人于挨了一个耳光之后还抚着热辣辣的嘴巴大呼："要抽车，要抽车！"

下棋只是为了消遣，其所以能使这样多人嗜此不疲者，是因为它颇合人类好斗的本能，这是一种"斗智不斗力"的游戏。所以瓜棚豆架之下，与世无争的村夫野老不免一枰相对，消此永昼；闹市茶寮之中，常有有闲阶级的人士下棋消遣。"不为无益之事，何以遣此有涯之生？"宦海里翻过身最后退隐东山的大人先生们，髀肉复生，而英雄无用武之地，也只好闲来对弈，了此残生，下棋全是"剩余精力"的发泄。人总是要斗的，总是要钩心斗角地和人争逐的。与其和人争权夺利，还不如在棋盘上多占几个官；与其招摇撞骗，还不如在棋盘上抽上一车。宋人笔记曾载有一段故事："李讷仆射性卞急，酷尚弈棋，每下子安详,极于宽缓。往往躁怒作,家人辈则密以弈具陈于前,讷睹,便忻然改容,以取其子布弄,都忘其恚矣。"(《南部新书》)下棋,有没有这样陶冶性情之功,我不敢说,不过有人下起棋来确实是把性命都可置之度外。我有两个朋友下棋,警报作,不动声色,俄而弹落,棋子被震得在盘上跳荡,屋瓦乱飞,其中一位棋瘾较小者变色而起,被对方一把拉住,"你走!那就算是你输了"。此公深得棋中之趣。

诗 人

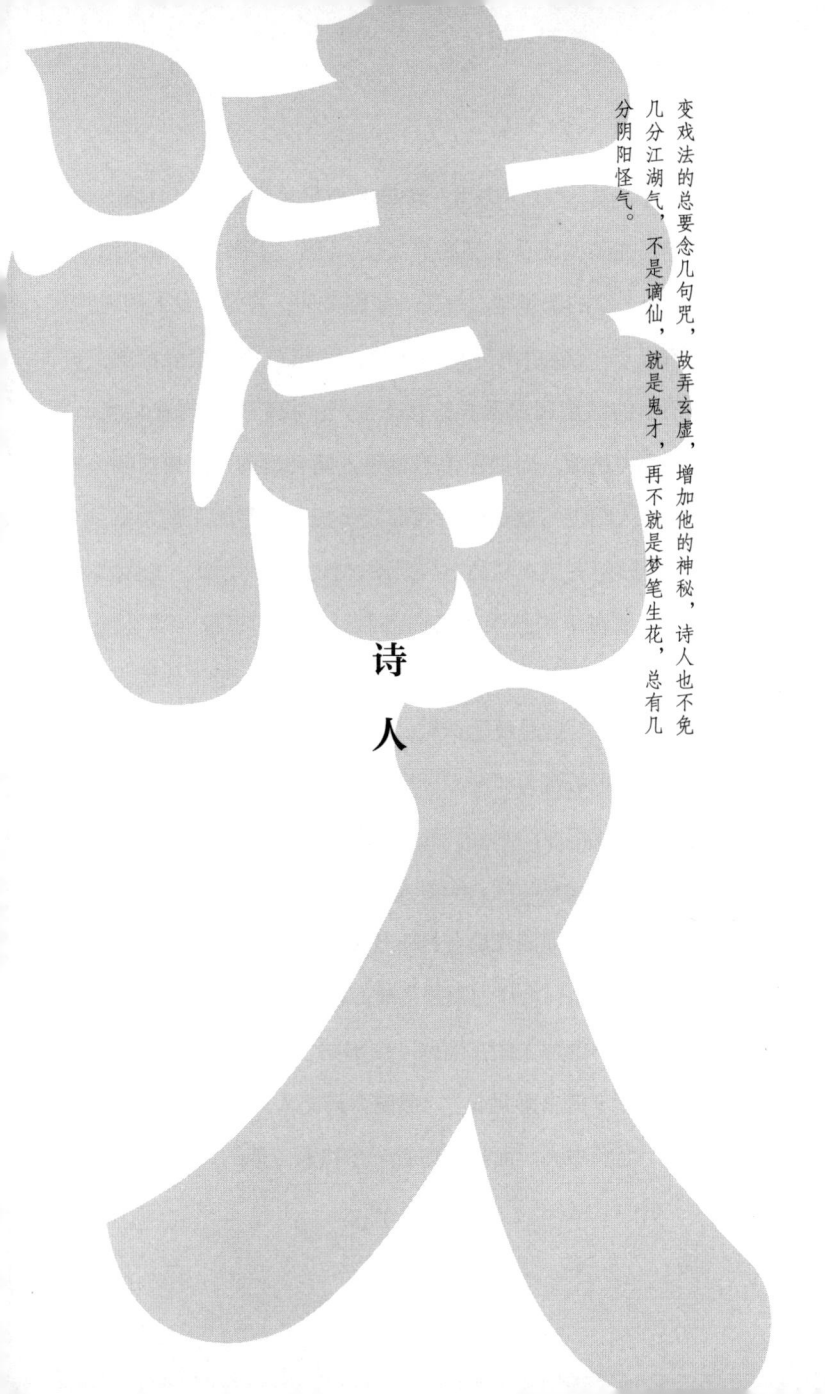

变戏法的总要念几句咒,故弄玄虚,增加他的神秘,诗人也不免几分江湖气,不是谪仙,就是鬼才,再不就是梦笔生花,总有几分阴阳怪气。

有人说:"在历史里一个诗人似乎是神圣的,但是一个诗人在隔壁便是个笑话。"这话不错。看看古代诗人画像,一个个的都是宽衣博带,飘飘欲仙,好像不食人间烟火的样子。《辋川图》里的人物,弈棋饮酒,投壶流觞,一个个的都是儒冠羽衣,意态萧然,我们只觉得摩诘当年,千古风流,而他在苦吟时堕入醋瓮里的那副尴尬相,并没有人给他写画流传。我们凭吊浣花溪畔的工部草堂,遥想杜陵野老典衣易酒卜居茅茨之状,吟哦沧浪,主管风骚,而他在耒阳狂啖牛炙白酒胀饫而死的景象,却不雅观。我们对于死人,照例是隐恶扬善,何况是古代诗人,篇章遗传,好像是痰唾珠玑,纵然有些小小乖僻,自当加以美化,更可资为谈助。王摩诘堕入醋瓮,是他自己的醋瓮,不是我们家的水缸;杜工部旅中困顿,累的是耒阳知县,不是向我家叨扰。一般人读诗,犹如观剧,只是在前台欣赏,并无须侧身后台打听优伶身世,即使刺听得多少奇闻轶事,也只合作为梨园掌故而已。

假如一个诗人住在隔壁,便不同了。虽然几乎家家门口都写着"诗书继世长",但懂得诗的人并不多。如果我是一个名利中人,而隔壁住着一个诗人,他的大作永远不会给我看，我看了也必以为不值一文钱，他会给我以白眼，我看他一定也不顺眼。诗人没有常光顾理发店的，他的头发做飞蓬状，做狮子狗状，做艺术家状。他如果是穿中装的，一定像是算命瞎子，两脚泥；他如果是穿西装的，一定是像卖毛毯子的白俄，一身灰。他游手好闲，他白昼做梦，他无病呻吟，他有时深居简出，闭门谢客，他有时终年流浪，到处为家，他哭笑无常，他饮食无度，他有时贫无立锥，他有时挥金似土。如果是个女诗人，她口里可以衔支大雪茄；如果是男的，他向各形各色的女人去膜拜。他喜欢烟、酒、小孩、花草、小动物——他看见一只老鼠可以作一首诗，他在胸口上摸出一只虱子也会作成一首诗。他的生活习惯有许多与人不同的地方。有一个人告诉我，他曾和一个诗人比邻，有一次同出远游，诗人未带牙刷，据云留在家里为太太使用，问之曰："你们原来共用一把吗？"诗人大惊曰："难道你们是各用一把吗？"

诗人住在隔壁，是个怪物，走在街上尤易引起误会。勃朗宁有一首诗《当代人对诗人的观感》，描写一个西班牙的诗人性好观察社会人生，以致被人误认为是一个特务，这是何等讥讽！他穿的是一身破旧的黑衣服，手杖敲着地，后面跟着一条秃瞎老狗，看着鞋匠修理皮鞋，看人切柠檬片放在饮料里，看焙咖啡的火盆，用半只眼睛看书摊，谁虐打牲畜谁咒骂女人都逃不了他的注意——所以他大概是个特务，把观察所得呈报国王。看他那个模样，上了点年纪，那两道眉毛，亏他的眼睛在下面住着！鼻子的形状和颜色都像鹰爪。某甲遇难，某乙失踪，某丙得到他的情妇——还不都是他干下的事？他费这样大的心机，也不知得多少报酬。大家都说他回家用晚膳的时候，灯火辉煌，墙上挂着四张名画，二十名裸体女人给他捧盘换盏。其实，这可怜的人过的乃是另一种生活，他就住在桥边第三家，新油刷的一幢房子，全街的人都可以看见他交叉着腿，把脚放在狗背上，和他的女仆在打纸牌，吃的是酪饼水果，十点钟就上床睡了。他死的时候还穿着那件破大衣，没膝的泥，吃的是面包壳，脏得像一条熏鱼！

这个西班牙的诗人还算是幸运的，被人当作特务，在另一个国度里，这样一个形迹可疑的诗人可能成为特务的对象。

变戏法的总要念几句咒，故弄玄虚，增加他的神秘，诗人也不免几分江湖气，不是谪仙，就是鬼才，再不就是梦笔生花，总有几分阴阳怪气。外国诗人更厉害，作诗时能直接祷求神助，好像是仙灵附体的样子。

> 一颗沙里看出一个世界，
> 一朵野花里看出一个天堂。
> 把无限抓在你的手掌里，
> 把永恒放进一刹那的时光。

若是没有一点慧根的人，能说出这样的鬼话吗？你不懂？你是蠢材！你说你懂，你便可跻身于风雅之林，你究竟懂不懂，天知道。

大概每个人都曾经有过做诗人的一段经验。在"怪黄莺儿作对，怨粉蝶儿成双"的时节，看花谢也心惊，听猫叫也难过，诗就会来了，如枝头舒叶那么自然。但是入世稍深，渐渐煎熬成为一颗"煮硬了的蛋"，散文从门口进来，诗从窗口出去了。"嘴唇在不能亲吻的时候才肯唱歌。"一个人如果达到相当年龄，还不失赤子之心，经风吹雨打，方寸间还能诗意盎然，他是得天独厚，他是诗人。

诗不能卖钱，一首新诗，如拈断数根须即能脱稿，那成本还是轻的，怕的是像牡蛎肚里的一颗明珠，那本是一块病，经过多久的滋润涵养才能磨炼孕育成功，写出来到哪里去找顾主？诗不能给富人客厅里摆设做装潢，诗不能给广大的读者以娱乐。富人要的是字画珍玩，大众要的是小说戏剧，诗，短短一橛，充篇幅都不中用。诗是这样无用的东西，所以以诗为业的诗人，如果住在你的隔壁，自然是个笑话。将来在历史上能否就成为神圣，也很渺茫。

偏方未尝不可一试,愿试者尽管试。

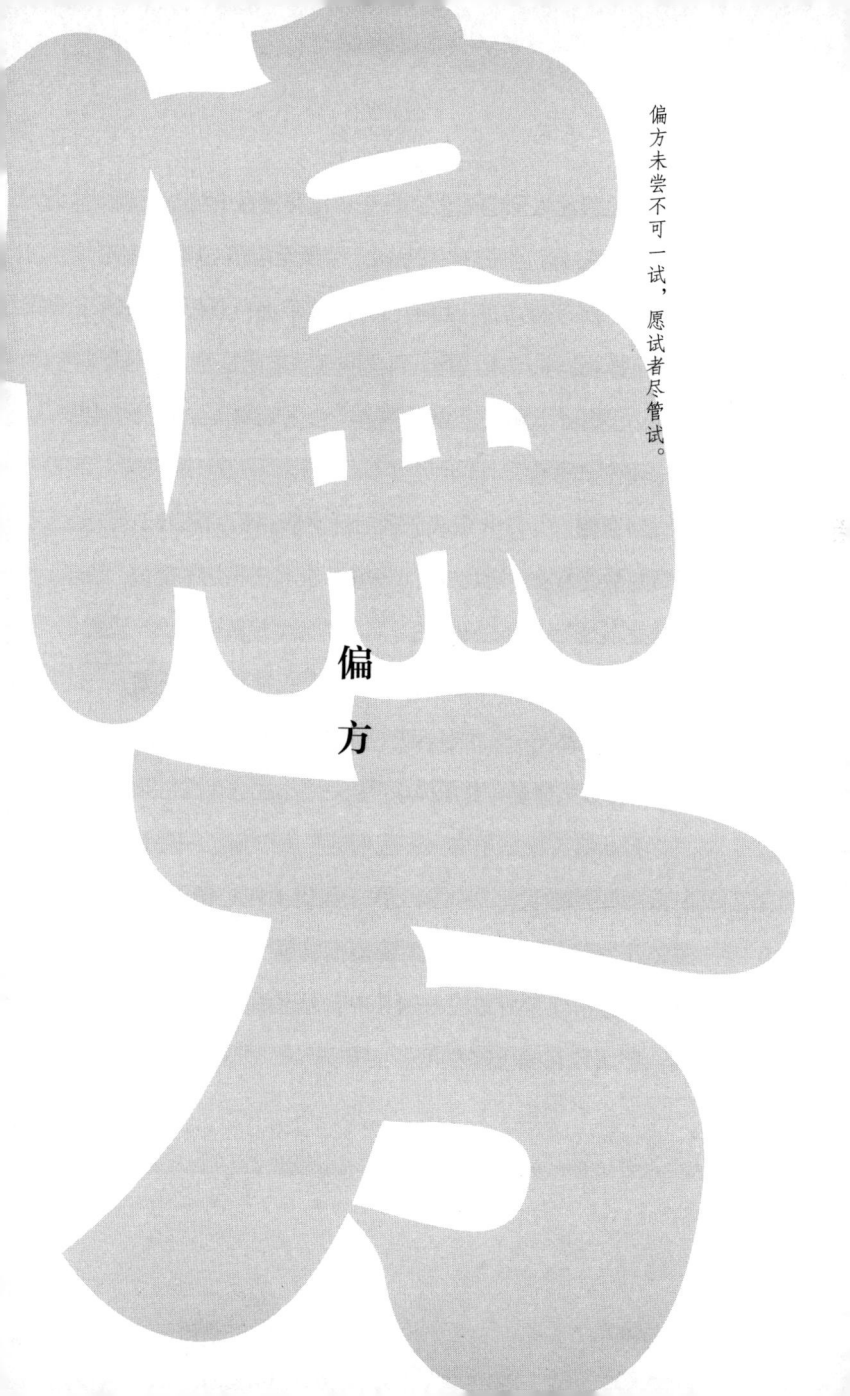

偏方

一位酱油公司的老板，患有风湿和糖尿的病症，听信日本人的偏方，大吃螺肉寿司，结果全家五口染上病毒，并且殃及友人和司机。目前已有两位不治！老板本人尚在病榻上挣扎，其夫人已有一目失明（后来还是死了）。病从口入，没有什么稀奇，想不到有人会生吃螺肉，蘸上一点芥末硬往口里塞。

何谓偏方？凡非正式医师所开之非正常的药方，或非正常的治疗方法，皆是偏方。医师本无包治百病的能力，许多病症不是药石所能奏效的。病家情急乱投医，仍然不见起色，往往就会采纳热心而又好事的人所献的偏方。姑且一试，死马当活马医。而且偏方所用药物多属寻常习见，性非酷烈，所以大概是有益无损。毛病就常出在这有益无损上。

自从燧人氏钻木取火，我们老早就脱离了茹毛饮血的阶段而知道熟食，奈何隔了数千年仍不能忘情于吃生鱼、生虾、生蟹、生螺？说吃生螺能治风湿、糖尿，如果有医学的根据，至少应该注意到其中有无寄生的虫类。何况风湿、糖尿现在尚无"根治"的方法，一个偏方就能治病，天下有此等便宜事！笔者患糖尿久矣，风湿亦时常发作。针灸对于神经系统的疾病确有或多或少的功效，有理论、有实验,不算是偏方。糖尿在我们中国有悠久历史,自从文园病渴,迄今好几千年,实际上没有方法可以根治。凡是说可以根治的,都是不负责的夸张语。至于偏方更是无稽之谈了。有一位素不相识的人,远道辱书,附带寄来一包药草,据他说是母亲亲自上山采集的药草,专治糖尿。这一包无名的药草,黑不溜秋,半干半软,教我如何敢于煎服下肚?我只好复书道谢,由衷地道谢。又有一位熟识的朋友,膀大腰圆,一棒子打不倒,自称是偏方专家,可以活到一百二十岁(结果打了六折),听说我患糖尿,便苦口婆心地劝我煎玉蜀黍须,代茶饮,七七四十九天,就会霍然而愈。看我迟迟没有照办,他便自己弄来一大包玉蜀黍须送上门,逼我立刻煎汤,看着我咕嘟咕嘟地喝下一大碗,他才扬长而去。玉蜀黍须做汤,甜滋滋的,喝下去真真是有益无损,但是与糖尿似乎是风马牛。

有些偏方实在偏得厉害,匪夷所思。匋行疹是一种皮肤病,患者腰际神经末梢发炎,生出一串的疱疹,有时左右各一串,形似合围之势,极为痛疼[1]。西医无法处理,只

---

[1] 原文如此。此处疑为带状疱疹。

能略施镇定解痛之剂，俟其自行复原。此地中医某，有秘方调制药粉，取空心菜（即瓮菜）砸成泥，加入药粉混拌，有奇效。但是又流行一个偏方，就离奇得可笑了，其法是以毛笔蘸雄黄酒，沿着患处写一行字："斩白蛇，起帝业，高祖在此。"甸行疹俗名转腰龙，龙蛇本相近，汉高祖是赤帝子，赤帝子斩白帝子，一物降一物。雄黄为五毒药之一，蛇为五毒虫之一，以毒攻毒，自然攻无不克，无知的人听起来好像入情入理！

某公得怪病，食不下咽，睡不得安，面黄肌瘦，形容枯槁，摇摇晃晃，气若游丝。服用维他命[1]，注射荷尔蒙[2]，投以牛黄清心丸，猛进十全大补汤，都不见效。不知他从哪里搜得偏方，吃产妇刚刚排出的胞衣，越新鲜的越好（中药"紫河车"是干燥过的胎盘，药力差）。于是奔走于妇产科医院，每天都能如愿以偿，或清炖，或红烧，变着花样享用，滋味如何只有他自己知道。说也奇怪，吃了三十多个胞衣之后，病乃大瘥。究竟其间有无因果关系，谁

---

[1] 维生素的旧称。

[2] 激素的旧称。

知道。任何病症，不外三种结果：一个是不药而愈，一个是药到病除，一个是医药罔效。胞衣这个偏方有无功效，待考。

记不得是治什么病的一个偏方，喝童子便。最好是趁热喝。按：人的排泄物列入本草的有"人中黄""人中白"二味。《本草·人屎》："腊月截淡竹，去青皮，浸渗取汁，治天行热疾中毒，名粪清。浸皂荚、甘蔗，治天行热疾，名人中黄。"《本草·溺白垽》："滓淀为垽，此乃人溺澄下白垽也，以风久日干者为良。"一曰取汁，一曰风久，究竟不是要人大嘴吃屎大口喝溺，童子便则是直接取饮，人非情急，恐怕未肯轻易尝试。

有些偏方比较简单易行。不知是什么人的发现，蛇胆可以明目。捕蛇者乃大发利市。市上公开宰蛇，取出蛇胆，纳小酒杯中，立刻就有顾客仰着脖子囫囵吞了下去，围观者如堵。又有人想入非非，根据吃什么补什么的原理，喜食牛鞭，生鲜的牛鞭，当中剖开切成寸许断片，细火高汤清炖，片片浮在表面。曾在某公宴席上看到这一异味，我未敢下箸，隔日问同席猛吃此物的某君有无特别感受，他说需要常吃才行，偶吃一次不能立竿见影。

患痔的人很多，偏方也就不少。有人扬言每天早起空着肚子吃两枚松花皮蛋，有意想不到之效力。可惜难得有人持之以恒，更可惜无人做实验的统计或药理的分析。假如皮蛋铅分过多，就令人望而生畏，治一经损一经，划不来。

伤风寻常事，也有偏方不离吃的范围。据说常吃鸡尖，即鸡的尾端翘起处，包括不雅的部位及其附近一带，一咬一汪子油，常吃即可免于伤风的感染。有此一说，信不信由你。又有人说土鸡炖柠檬同样有效。

我无意把所有偏方一笔抹杀。当初神农尝百草，功在万世，传说他有一个水晶肚子。偏方未尝不可一试，愿试者尽管试。不过像华佗的漆叶青黏散，据说"久服可以去三虫，利五脏，轻体，使人头不白"，我还是不敢试。

人不能不说话,不过废话可以少说一点。

废话

常有客过访，我打开门，他第一句话便是："您没有出门？"我当然没有出门，如果出门，现在如何能为你启门？那岂非是活见鬼？他说这句话也不是表讶异。人在家中乃寻常事，何惊诧之有？如果他预料我不在家才来造访，则事必有因，发现我竟在家，更应该不露声色，我想他说这句话，只是脱口而出，没有经过大脑，犹如两人见面不免说一句"今天天气……"之类的话，聊胜于两个人都绷着脸一声不吭而已。没有多少意义的话就是废话。

人不能不说话，不过废话可以少说一点。十一世纪时罗马天主教会在法国有一派僧侣，专主苦修冥想，是圣布鲁诺所创立，名为加尔都西会（Carthusians），盖因地而得名，其基本修行方法是不说话，一年到头不说话。每年只有到了将近年终的时候，特准交谈一段时间，结束的时刻一到，尽管一句话尚未说完，大家立刻闭起嘴巴。明年开禁的时候，两人谈话的第一句往往是"我们上次谈到……"一年说一次话，其间准备的时光不少，废话一定不多。

梁武帝时，达摩大师在嵩山少林寺，终日面壁，九年之久，当然也不会随便开口说话，这种苦修的功夫实在难能可贵。明莲池大师《竹窗随笔》有云："世间醓醯醇醴，藏之弥久而弥美者，皆由封锢牢密不泄气故。古人云：'二十年不开口说话，向后佛也奈何你不得。'旨哉言乎！"一说话就怕要泄气，可是这一口气憋二十年不泄，真也不易。监狱里的重犯，常被判处独居一室，使无说话机会，是一种惩罚。畜生没有语言文字，但是也会发出不同的鸣声表示不同的情意。人而不让他说话，到了寂寞难堪的时候真想自言自语，甚至说几句废话也是好的。

可是说话自由的时候，还是少说废话为宜。"群居终日，言不及义，好行小慧，难矣哉！"那便是废话太多的意思。现代的人好像喜欢开会，一开会就不免有人"致辞"，而致辞者常常是长篇大论，直说得口燥舌干，也不管听者是否怵怵欲睡欠伸连连。《孔子家语》："庙堂右阶之前，有金人焉，三缄其口，而铭其背曰：'古之慎言人也。'"能慎言，当然于慎言之外不会多说废话。三缄其口只是象征，若是真的三缄其口，怎么吃饭？

串门子闲聊天，已不是现代社会所允许的事，因为大家都忙，实在无暇闲磕牙。不过也有在闲聊的场合而还侈谈本行的正经事者，这种人也讨厌。最可怕的是不经预先约定而闯上门来的长舌妇或长舌男,他们可以把人家的私事当作座谈的资料。某人资产若干,月入多少,某人芳龄几何,美容几次,某人帷薄不修,某人似有外遇……说得津津有味,实则有伤口业的废话而已。

行文也最忌废话。《朱子语类》里有两段文字:

欧公文,亦多是修改到妙处。顷有人买得他《醉翁亭》稿。初说滁州四面有山,凡数十字,末后改定,只曰"环滁皆山也"五字而已。如寻常不经思虑,信意所作言语,亦有绝不成文理者,不知如何。

南丰过荆襄,后山携所作以谒之。南丰一见爱之,因留款语,适欲作一文字,事多,因托后山为之,且授以意。后山文思亦涩,穷日之力方成,仅数百言,明日以呈南丰。南丰云:"大略也好,只是冗字多,不知可为略删动否?"后山因请改窜。但见南丰就坐,取笔抹数处,每抹处连一两行,便以授后山,凡削去一二百字。后山读之,则其意尤完,因叹服,遂以为法,所以后山文字简洁如此。

前一段说的是欧阳修的《醉翁亭记》。开端第一句"环滁皆山也",不说废话,开门见山,是从数十字中删汰而来。后一段记的是陈后山为文数百言,由曾巩削去一二百个冗字,而文意更为完整无瑕。凡为文者皆须知道文字须要简练,简言之,就是少说废话。

代沟

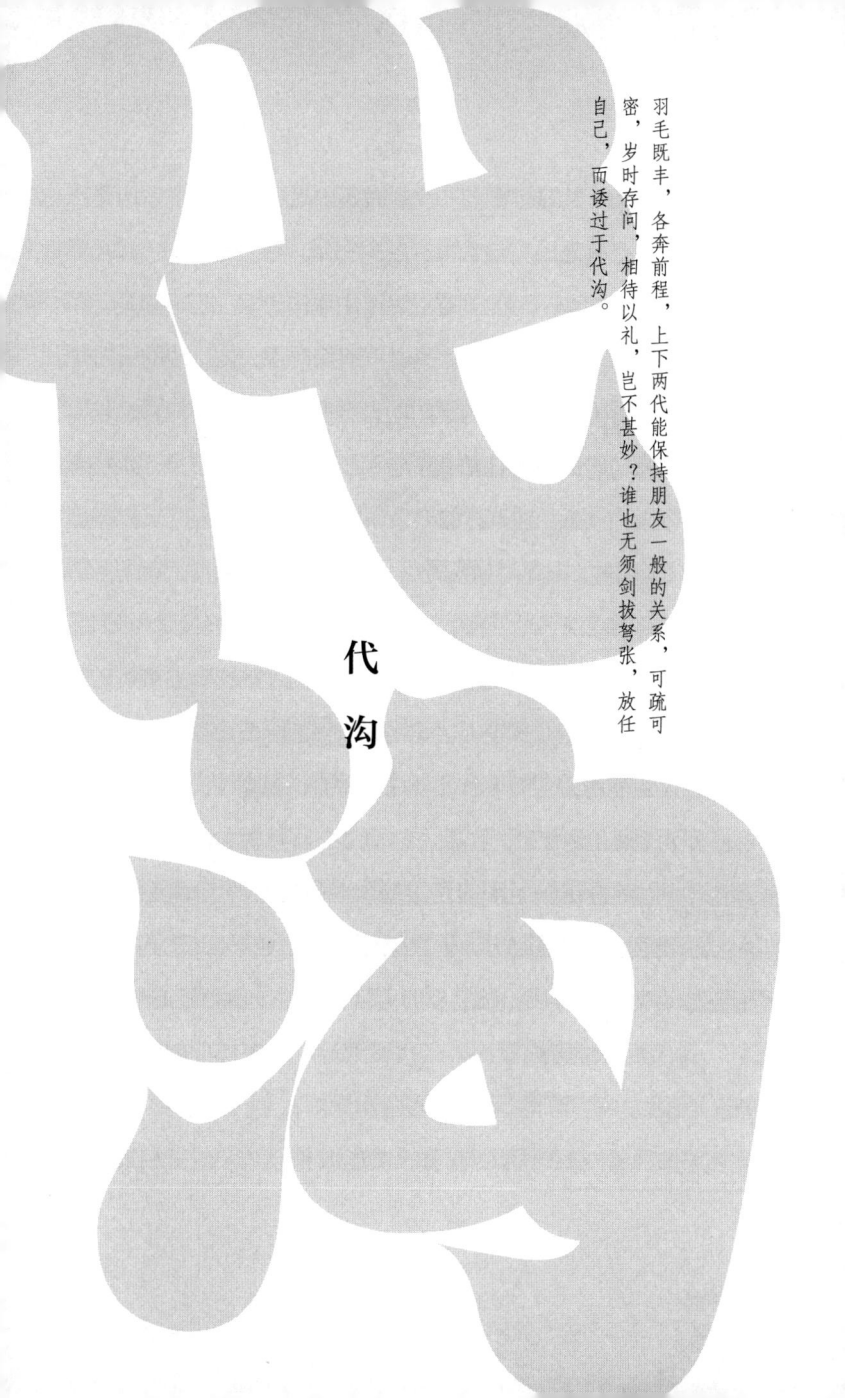

羽毛既丰,各奔前程,上下两代能保持朋友一般的关系,可疏可密,岁时存问,相待以礼,岂不甚妙?谁也无须剑拔弩张,放任自己,而诿过于代沟。

代沟是翻译过来的一个比较新的名词，但这个东西是我们古已有之的。自从人有老少之分，老一代与少一代之间就有一道沟，可能是难以飞渡的深沟天堑，也可能是一步迈过的小渎阴沟，总之是其间有个界限。沟这边的人看沟那边的人不顺眼，沟那边的人看沟这边的人不像话，也许吹胡子瞪眼，也许拍桌子卷袖子，也许口出恶声，也许真个闹出命案，看双方的气质和修养而定。

《尚书·无逸》："相小人，厥父母勤劳稼穑。厥子乃不知稼穑之艰难，乃逸，乃谚。既诞，否则侮厥父母曰：'昔之人无闻知。'"这几句话很生动，大概是我们最古的代沟之说的一个例证。大意是说：请看一般小民，做父母的辛苦耕稼，年轻一代不知生活艰难，只知享受放荡，再不就是张口顶撞父母说："你们这些落伍的人，根本不懂事！"活画出一条沟的两边的人对峙的心理。小孩子嘛，总是贪玩，好逸恶劳，人之天性。只有饱尝艰苦的人，才知道以无逸为戒。做父母的人当初也是少不更事的孩子，代代相仍，历史重演。一代留下一沟，像树身上的年轮一般。

虽说一代一沟，腌臜的情形难免，然大体上相安无事。这就是因为有所谓传统者，把人的某一些观念胶着在一套固定的范畴里。"不以规矩不能成方圆"，大家都守规矩，尤其是年轻的一代。"鞋大鞋小，别走了样子！"小的一代自然不免要憋一肚皮委屈，但是，别忙，"多年的媳妇熬成婆，多年的道路走成河"，转眼间黄口小儿变成了鲐背耇老，又轮到自己唉声叹气，抱怨一肚皮不合时宜了。

我记得我小的时候，早起要跟着姐姐哥哥排队到上屋给祖父母请安。像早朝一样地肃穆而紧张，在大柜前面两张二人凳上并排坐下，腿短不能触地，往往甩腿，这是犯大忌的，虽然我始终不知是犯了什么忌。祖父母眼睛瞪得圆圆的，手指着我们的前后摆动的小腿说："怎么，一点样子都没有！"吓得我们的小腿立刻停摆，我的母亲觉得很没有面子，回到房里着实地数落了我们一番。祖孙之间隔着两条沟，心理上的隔阂如何得免？当时我心里纳闷，我甩腿，干卿底事？我十岁的时候，进了陶氏学堂，领到一身体操时穿的白帆布制服，有亮晶的铜纽扣，裤边还镶贴两条红带，现在回想起来有点滑稽，好像是卖仁丹游街宣传的乐队，那时却扬扬自得，满心欢喜地回家，没想到赢得的是一头雾水。"好呀！我还没死，就先穿起孝衣来了！"我触了白色的禁忌。出殡的时候，灵前是有两排穿白衣的"孝男儿"，口里模仿号丧的哇哇叫。此后每逢体操课后回家，先在门洞脱衣，换上长褂，卷起裤筒。稍后，我进了清华，看见有人穿白帆布橡皮底的网球鞋，心羡不已，于是也从天津邮购了一双，但是始终没敢穿了回家。只求平安少生事，莫在代沟之内起风波。

大家庭制度下，公婆儿媳之间的代沟是最鲜明也最凄惨的。儿子自外归来，不能一头扎进闺房，那样做不但公婆瞪眼，所有的人都要竖起眉毛。他一定要先到上房请安，说说笑笑好一大阵，然后公婆（多半是婆）开恩发话——"你回屋里歇歇去吧"，儿子奉旨回到阃闱。媳妇不能随后跟进，还要在公婆面前周旋一下，然后公婆再度开恩，"你也去吧"，媳妇才能走，慢慢地走。如果媳妇正在院里浣洗衣服，儿子过去帮一下忙，到后院井里用柳罐汲取一两桶水，送过去备用，结果也会招致一顿长辈的唾骂："你走开，这不是你做的事。"我记得半个多世纪以前，有一对大家庭中的小夫妻，十分恩爱，夫暴病死，妻觉得在那样家庭中了无生趣，竟服毒以殉。殡殓后，追悼之日政府颁赠匾额曰"彤管扬芬",女家致送的白布横批曰"看我门楣!"。我们可以听见代沟的冤魂哭泣,虽然代沟另一边的人还在逞强。

以上说的是六七十年前的事。代沟中有小风波,但没有大泛滥。张公艺九代同居,靠了一百多个忍字,其实九代之间就有八条沟,沟下有沟,一代压一代,那一百多个忍字还不是一面倒,多半由下面一代承当?古有明训,能忍自安。

五四运动实乃一大变局。新一代的人要造反,不再忍了。有人要"整理国故",管他什么《三坟》《五典》《八索》《九丘》,都要揪出来重新交付审判。礼教被控吃人,孔家店遭受捣毁的威胁,世世代代留下来的沟要彻底翻腾一下,这下子可把旧一代的人吓坏了。有人提倡读经,有人竭力卫道,但是不是远水不救近火,便是只手难挽狂澜。代沟总崩溃,新一代的人如脱缰之马,一直旁出斜逸奔放驰骤到如今。旧一代的人则按照自然法则一批一批地凋谢,填入时代的沟壑。

代沟虽然永久存在,不过其现象可能随时变化。人生的麻烦事,千端万绪,要言之,不外财色两项。关于钱财，年长的一辈多少有一点吝啬的倾向。吝啬并不一定全是缺点。"称财多寡而节用之，富无金藏，贫不假贷，谓之啬。积多不能分人，而厚自养，谓之吝。不能分人，又不能自养，谓之爱。"这是《晏子春秋》的说法。所谓爱，就是守财奴。是有人好像是把孔方兄一个个地穿挂在他的肋骨上，取下一个都是血丝糊拉的。英文俚语，勉强拿出一块钱，叫作"咳出一块钱"，大概也是表示钱是深藏于肺腑，需要用力咳才能跳出来的。年轻一代看了这种情形，老大不以为然，心里想："这真是'昔之人无闻知'，有钱不用，害得大家受苦，忘记了'一个钱也带不了棺材里去'。"心里有这样的愤懑蕴积，有时候就要发泄。所以，曾经有一个儿子向父亲要五十元零用，其父靳而不予，由冷言恶语而拖拖拉拉，儿子比较身手矫健，一把揪住父亲的领带（唉，领带真误事），领带越揪越紧，父亲一口气上不来，一翻白眼，死了。这件案子，按理应刖，基于"心神丧失"的理由，没有刖，在代沟的历史里留下一个悲惨的记录。

人到成年，嘤嘤求偶，这时节不但自己着急，家长更是担心，可是所谓代沟出现了，一方面说这是我的事，你少管,另一方面说传宗接代的大事如何能不过问。一个人究竟是姣好还是寝陋,是端庄还是阴鸷,本来难有定评。"看那样子,长头发、牛仔裤、嬉游浪荡、好吃懒做,大概不是善类。""爬山、露营、打球、跳舞,都是青年的娱乐,难道要我们天天匀出工夫来晨昏定省,膝下承欢?"南辕北辙,越说越远。其实"养儿防老""我养你小,你养我老"的观念,现代的人大部分早已不再坚持。羽毛既丰,各奔前程,上下两代能保持朋友一般的关系,可疏可密,岁时存问,相待以礼,岂不甚妙?谁也无须剑拔弩张,放任自己,而诿过于代沟。沟是死的,人是活的!代沟需要沟通,不能像希腊神话中的亚历山大以利剑砍难解之绳结那样容易地一刀两断,因为人终归是人。

过年

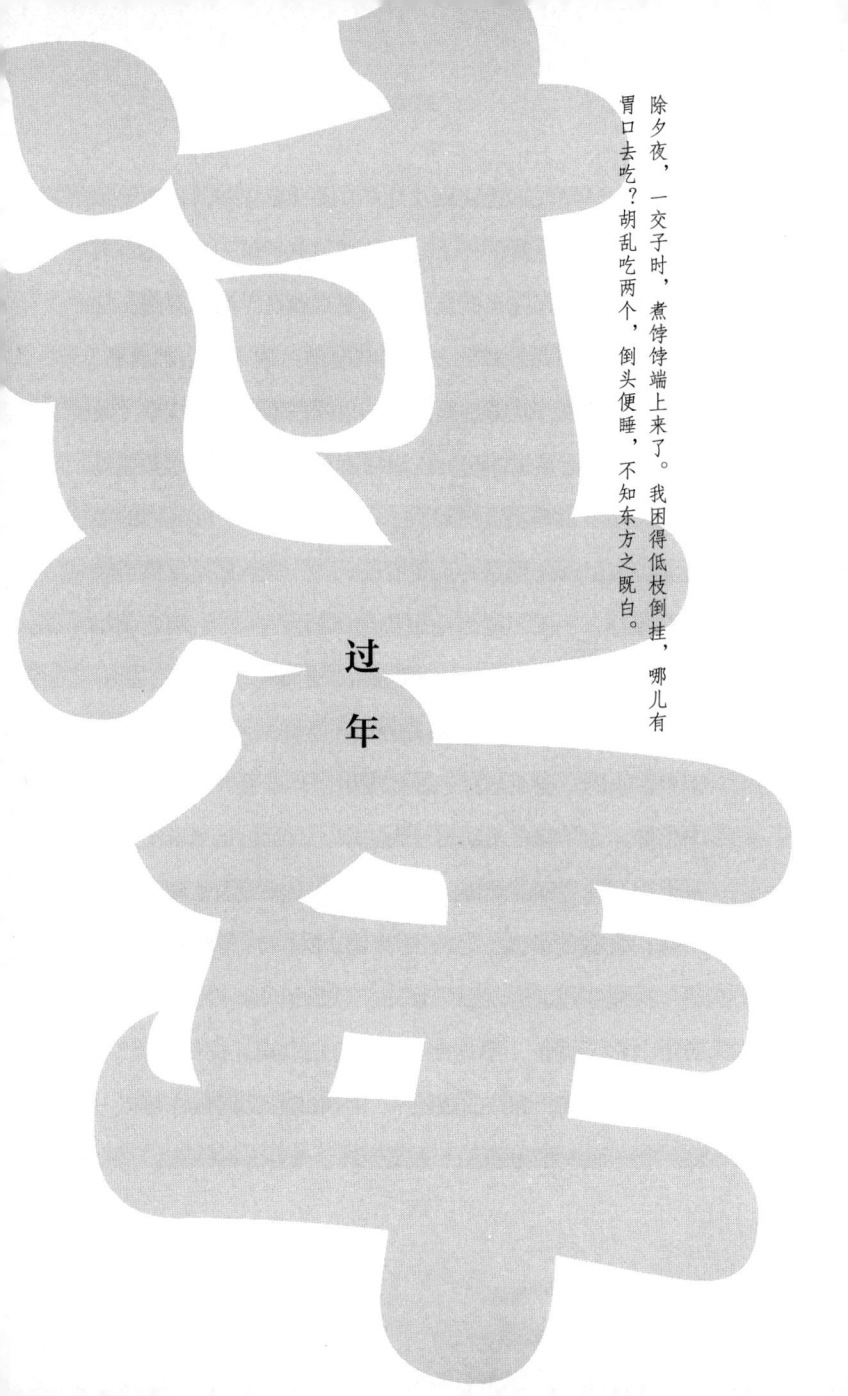

除夕夜,一交子时,煮饽饽端上来了。我困得低枝倒挂,哪儿有胃口去吃?胡乱吃两个,倒头便睡,不知东方之既白。

我小时候并不特别喜欢过年，除夕要守岁，不过十二点不能睡觉，这对于一个习于早睡的孩子是一种煎熬。前庭后院挂满了灯笼，又是宫灯，又是纱灯，烛光辉煌，地上铺了芝麻秸儿，踩上去咯咯吱吱响，这一切当然有趣，可是寒风凛冽，吹得小脸通红，也就很不舒服。炕桌上呼卢喝雉，没有孩子的份。压岁钱不是白拿的，要叩头如捣蒜。大厅上供着祖先的影像，长辈指点曰："这是你的曾祖父，曾祖母，高祖父，高祖母……"虽然都是岸然道貌微露慈祥，我尚不能领略慎终追远的意义。"姑娘爱花小子要炮……"我却怕那大麻雷子、二踢脚子。别人放鞭炮，我躲在屋里捂着耳朵。每人分一包杂拌，哼，看那桃脯、蜜枣沾上的一层灰尘，怎好往嘴里送？年夜饭照例是特别丰盛的。大年初一不动刀，大家歇工，所以年菜事实上即是大锅菜。大锅的炖肉，加上粉丝是一味，加上蘑菇又是一味；大锅的炖鸡，加上冬笋是一味，加上番薯又是一味，都放在特大号的锅、罐子、盆子里，此后随取随吃，历十余日不得罄，事实上是天天打扫剩菜。满缸的馒头，满缸的腌白菜，满缸的咸疙瘩，不知道什么时候才可以见底。芥末墩、素面筋、十香菜比较受欢迎。除夕夜，一交子时,煮饽饽端上来了。我困得低枝倒挂,哪儿有胃口去吃?胡乱吃两个,倒头便睡,不知东方之既白。

初一特别起得早,梳小辫,换新衣裳,大棉袄加上一件新蓝布罩袍、黑马褂、灰鼠绒绿鼻脸的靴子。见人就得请安,口说:"新禧。"日上三竿,骡子轿车已经套好,跟班的捧着拜匣,奉命到几家最亲近的人家拜年去也。如果运气好,人家"挡驾",最好不过,递进一张帖子,掉头就走。否则一声"请",便得升堂入室,至少要朝上磕三个头,才算礼成。这个差事我当过好几次,从心坎儿觉得窝囊。

民国建立前一两年,我的祖父母相继去世,由我父亲领导在家庭生活方式上做维新运动,革除了许多旧习,包括过年的仪式在内。我不再奉派出去挨门磕头拜年。我从此不再是磕头虫。过年不再做年菜,而向致美斋定做八道大菜及若干小菜,分装四个圆笼,除日挑到家中,自己家里也购备一些新鲜菜蔬以为辅佐。一连若干天顿顿吃煮饽饽的怪事,也不再在我家出现。我父亲说:"我愿在哪一天过年就在哪一天过年,何必跟着大家起哄?"逛厂甸,我们是一定要去的,不是为了喝豆汁、吃煮豌豆,或是那大糖葫芦，而是为了要到海王村和火神庙去买旧书。白云观我们也去过一次，一路上吃尘土，庙里面人挤人，哪里有神仙可会，我再也不作第二次想。过年时，我最难忘的娱乐之一是放风筝，风和日丽的时候，独自在院子里挑起一根长竹竿，一手扶竿，一手持线桄子，看着风筝冉冉上升，御风而起，一霎时遇到罡风，稳稳地停在半天空，这时候虽然冻得涕泗横流，而我心滋乐。

民国元年（一九一二年）初，大总统袁世凯嗾使曹锟驻禄米仓部队兵变，大掠平津，那一天正是阴历正月十二，给万民欢腾的新年假期做了一个悲惨而荒谬的结束，从此每个新年我心里就有一个驱不散的阴影。

大家都说恭贺新禧，我不知喜从何来。

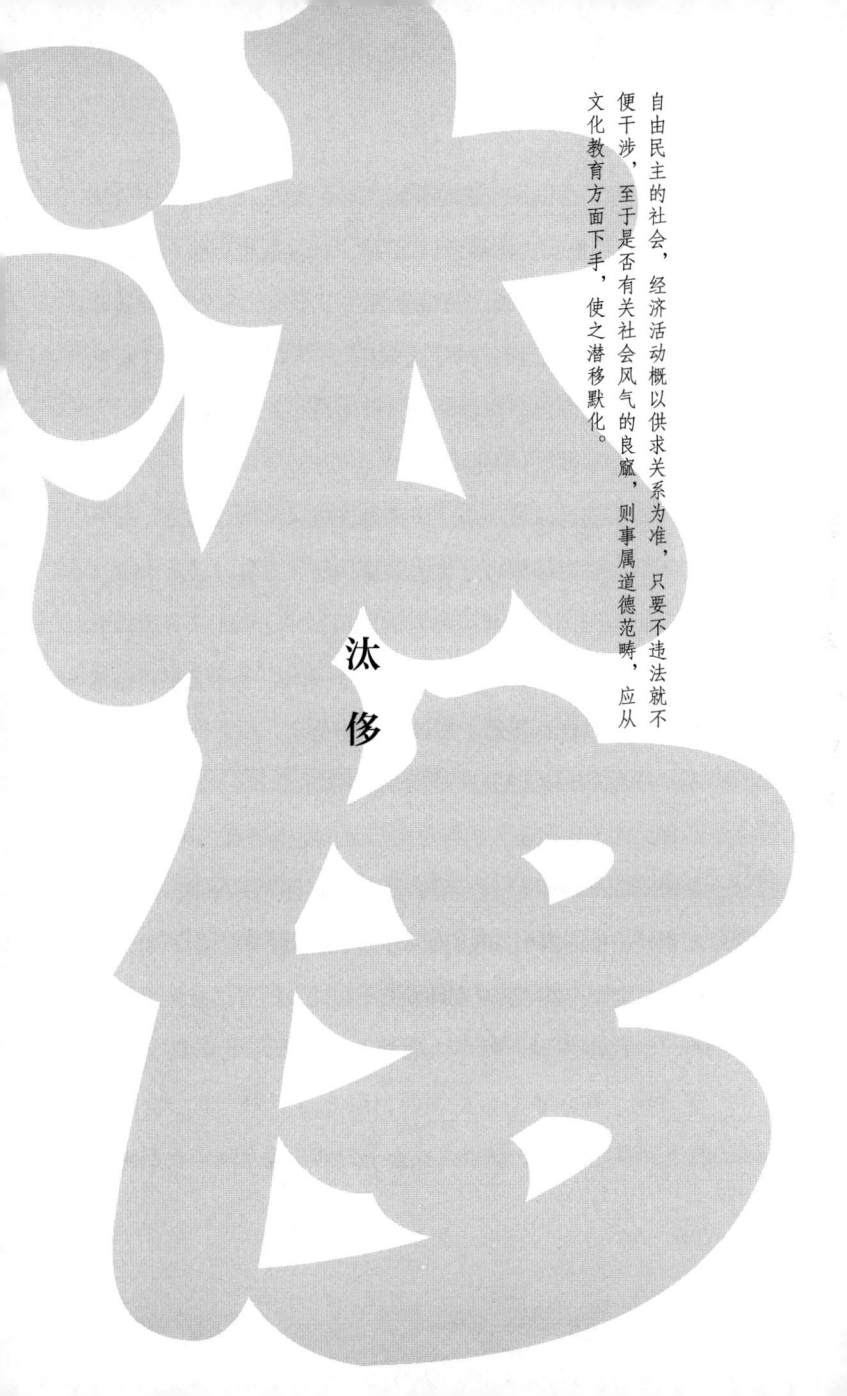

自由民主的社会,经济活动概以供求关系为准,只要不违法就不便干涉,至于是否有关社会风气的良窳,则事属道德范畴,应从文化教育方面下手,使之潜移默化。

汰侈

我国自古以来，崇尚节俭，不主汰侈。《左传·庄公二十四年》，鲁大夫御孙谏曰："俭，德之共也；侈，恶之大也。"他的意思是说，有德者皆由节俭来，恶行率自奢靡始。他所以进此谏，只是因为庄公"刻桓宫桷"，在庙椽上加了雕刻而已。丹楹刻桷，皆不合于礼，而近于奢。为君王者亦不可以有失俭德。

其实刻桷应算小事。历来奢侈成风，何代无之？石崇与王恺之竞豪侈相夸，传为美谈！而"五步一楼，十步一阁，廊腰缦回，檐牙高啄"的阿房宫早已创下了穷奢极欲的先例。管仲的镂簋，朱纮，山节，藻棁，孔子更早就说其器小。我们现在想想，餐具上刻些花纹，领下拖一条红带子，柱头斗拱梁上短柱画些花纹，算得了什么，也值得大惊小怪！然而古时圣人已经见微知著，觉得奢靡之风不可长。孔子一面称管仲为"仁者"，这是不轻许人的誉词，但是一面也抨击他的器小。我们如今的豪门巨贾，有几个不求田问舍大营别墅，甚至有几家理发馆不在铺张扬厉，装潢逾分？

说起理发馆，就令人感慨。民国元年北京只有一家理发馆，在东单船板胡同西口路北，小屋一间，设座仅二，而顾客盈门。使用西式推子刀剪，理发师穿着西装衬衫，给人印象很深，而印象最深者是他的顶上功夫，头发是由他连薅带剪，其手段如何可以想见。市面上的剃头棚剃头挑存留很久才被淘汰，继之而起的理发馆稍微洁净一些，但还谈不上装潢，顶多墙上挂了一面大镜，镜边一副对联"文章西汉两司马，经济南阳一卧龙"之类，也许再加上几幅西湖风景。小伙计用手拉扯的大风扇算是高级的设备，好像埃及女王克娄巴特拉也用过这样的扇子。民国四年（一九一五年）我进了清华，学校里的理发室是空屋一大间，环堵萧然，当中木椅一把，靠墙二屉桌一张，屋角洗脸盆木架一具，完了。但是理发师手艺高强，一手按住脑壳，咔嚓咔嚓几剪刀，大事已毕。提一壶热水兜头一浇，揩揩抹抹，然后梳两下子，请你走路，前后顶多不过十分钟，收费一角钱。随后各地理发馆渐有规模，踵事增华，渐趋奢侈了。

台湾经济起飞，理发馆不甘落后，于是有"亚洲第一"的理发厅出现。据报载，该理发厅去年即已大做广告，征求股金四千万元、女理发师三百名、女领台六十名、女经理二十名、女会计十名、女总机六名、播音员三名、修指甲十名、男门童六名，共计员工四百十五名。店址面积一千多坪[1]，加上一百二十个车位，占地近两千坪，备有六名专用司机接送客人。营业项目包括洗脚、修脚、修指甲、擦皮鞋、洗袜子，并提供各式餐饮及老人茶。更令人惊讶的是开张之日，居然顾客如云，座无虚席，生意鼎盛。

自由民主的社会，经济活动概以供求关系为准，只要不违法就不便干涉，至于是否有关社会风气的良窳，则事属道德范畴，应从文化教育方面下手，使之潜移默化。而在上者的示范提倡尤其重要。

就在这"亚洲第一"的理发厅造成轰动的几天之内，报纸揭露另外一则消息：

某国营公司董事长与总经理的办公厅各占一百一十坪、八位副总经理则占二百二十二坪，每人各拥有办公室、会议室及浴厕共四间，各式座椅十五张。此外尚有会议室大小四十间，高级人员还有两部专用电梯。

有什么样的办公厅，就有什么样的理发厅，不足怪。

---

[1] 土地或房屋面积单位，1坪约合3.3平方米（用于台湾地区）。

脸 谱

就粗浅的经验说,人的脸大致为二种,一种是令人愉快的,一种是令人不愉快的。

我要说的脸谱不是旧剧里的所谓"整脸""碎脸""三块瓦"之类，也不是麻衣相法里所谓观人八法"威、厚、清、古、孤、薄、恶、俗"之类。我要谈的脸谱乃是每天都要映入我们眼帘的形形色色的活人的脸。旧戏脸谱和麻衣相法的脸谱，那乃是一些聪明人从无数活人脸中归纳出来的几个类型公式，都是第二手的资料，可以不管。

古人云"人心不同，各如其面"，那意思承认人面不同是不成问题的。我们不能不叹服人类创造者的技巧的神奇，差不多的五官七窍，但是部位配合，变化无穷，比七巧板复杂多了。对于什么事都讲究"统一""标准化"的人，看见人的脸如此复杂离奇，恐怕也无法训练改造，只好由它自然发展吧？假使每一个人的脸都像是从一个模子里翻出来的，一律的浓眉大眼，一律的虎额龙隼，在排起队来检阅的时候固然甚为壮观整齐，但不便之处必定太多，那是不可想象的。

人的脸究竟是同中有异，异中有同，否则也就无所谓谱。就粗浅的经验说，人的脸大别为二种，一种是令人愉快的，一种是令人不愉快的。凡是常态的、健康的、活泼的脸，都是令人愉快的，这样的脸并不多见。令人不愉快的脸，心里有一点或很多不痛快的事，很自然地把脸拉长一尺，或是罩上一层阴霾，但是这张脸立刻形成人与人之间的隔阂，立刻把这周围的气氛变得阴沉。假如，在可能范围之内，努力把脸上的筋肉松弛一下，嘴角上挂出一个微笑，自己费力不多，而给予人的快感甚大，可以使得这人生更值得留恋一些。我永不能忘记那永长不大的孩子彼得·潘，他嘴角上永远挂着一个微笑，那是永恒的象征。一个成年人若是完全保持一张孩子脸，那也并不是理想的事，除了给"婴儿自己药片"做商标之外，也不见得有什么用处。不过赤子之天真，如在脸上还保留一点痕迹，这张脸对于人类的幸福是有贡献的。令人愉快的脸，其本身是愉快的，这与老幼妍媸无关。丑一点，黑一点，下巴长一点，鼻梁塌一点，都没有关系，只要上面漾着充沛的活力，便能辐射出神奇的光彩，不但有光，还有热，这样的脸能使满室生春，带给人们兴奋、光明、调谐、希望、欢欣。一张眉清目秀的脸，如果恹恹无生气，我们也只好当作石膏像来看待了。

我觉得那是一个很好的游戏：早起出门，留心观察眼前活动的脸，看看其中有多少类型，有几张使你看了一眼之后还想再看?

不要以为一个人只有一张脸。女人不必说,常常"上帝给她一张脸,她自己另造一张"。不涂脂粉的男人的脸,也有"卷帘"一格,外面摆着一副面孔,在适当的时候呱嗒一声如帘子一般卷起,另露出一副面孔。《化身博士》(*Dr.Jekyll and Mr.Hyde*)那不是寓言。误入仕途的人往往养成这一套本领。对下司道貌岸然,或是面部无表情,像一张白纸似的,使你无从观色,莫测高深,或是面皮绷得像一张皮鼓,脸拉得驴般长,使你在他面前觉得矮好几尺!但是他一旦见到上司,驴脸得立刻缩短,再往瘪里一缩,马上变成柿饼脸,堆下笑容,直线条全弯成曲线条,如果见到更高的上司,连笑容都凝结得堆不下来,未开言嘴唇要抖上好大一阵,脸上做出十足的诚惶诚恐之状。帘子脸是傲下媚上的主要工具,对于某一种人是少不得的。

不要以为脸和身体其他部分一样受之父母,自己负不得责。不,在相当范围内,自己可以负责的。大概人的脸生来都是和善的,因为从婴儿的脸看来,不必一定都是颜如渥丹,但是大概都是天真无邪,令人看了喜欢的。我还没见过一个孩子带着一副不得善终的脸，脸都是后来自己作践坏了的，人们多半不体会自己的脸对于别人发生多大的影响。脸是到处都有的。在送殡的行列中偶然发现的哭丧脸，作讣闻纸色，眼睛肿得桃似的，固然难看。一行行的囚首垢面的人，如稻草人，如丧家犬，脸上作黄蜡色，像是才从牢狱里出来，又像是要到牢狱里去，凸着两只没有神的大眼睛，看着也令人心酸。还有一大群心地不够薄脸皮不够厚的人，满脸泛着平价米色，嘴角上也许还沾着一点平价油，身穿着一件平价布，一脸的愁苦，没有一丝的笑容，这样的脸是颇令人不快的。但是这些贫病愁苦的脸还不算是最令人不愉快的，因为只是消极得令人心里堵得慌，而且稍微增加一些营养（如肉糜之类）或改善一些环境，脸上的神情还可以渐渐恢复常态。最令人不快的是一些本来吃得饱、睡得着、红光满面的脸，偏偏带着一股肃杀之气，冷森森地拒人于千里之外，看你的时候眼皮都不抬，嘴撇得瓢似的，冷不防抬起眼皮给你一个白眼，黑眼球不知翻到哪里去了，脖梗子发硬，脑壳朝天，眉头皱出好几道熨斗都熨不平的深沟——这样的神情最容易在官办的业务机关的柜台后面出现。遇见这样的人，我就觉到惶惑：这个人是不是昨天赌了一夜以致睡眠不足，或是接连着腹泻了三天，或是新近遭遇了什么闵凶，否则何以乖戾至此，连一张脸的常态都不能维持了呢。

若要一天不得安,请客;若要一年不得安,盖房;若要一辈子不得安,娶姨太太。

请 客

常听人说："若要一天不得安，请客；若要一年不得安，盖房；若要一辈子不得安，娶姨太太。"请客只有一天不得安，为害不算太大，所以人人都觉得不妨偶一为之。

所谓请客，是指自己家里邀集朋友便餐小酌，至于在酒楼饭店"铺筵席，陈尊俎"，呼朋引类，飞觞醉月，享用的是金樽清酒，玉盘珍馐，最后一哄而散，由经手人员造账报销，那种宴会只能算是一种病狂或是罪孽，不提也罢。

妇主中馈，所以要请客必须先归而谋诸妇。这一谋，有分教，非十天半月不能获致结论，因为问题牵涉太广，不能一言而决。

首先要考虑的是请什么人。主客当然早已内定，陪客的甄选大费酌量。眼睛生在眉毛上边的宦场中人，吃不饱饿不死的教书匠，一身铜臭的大腹贾，小头锐面的浮华少年……若是聚在一个桌上吃饭，便有些像是鸡兔同笼，非常勉强。把素未谋面的人拘在一起，要他们有说有笑，同时食物都能顺利地从咽门下去，也未免强人所难。主人从中调处，殷勤了这一位，怠慢了那一位，想找一些大家都有兴趣的话题亦非易事。所以客人需要分类，不能鱼龙混杂。客的数目视设备而定，若是能把所有该请的客人一网打尽，自然是经济算盘，但是算盘亦不可打得太精。再大的圆桌面也不过能坐十三四个体态中型的人。说来奇怪，客人单身者少，大概都有宝眷，一请就是一对，一桌只好当半桌用。有人请客广发笺帖，心想总有几位心领谢谢，万想不到人人惠然肯来，而且还有一位特别要好带来一个七八岁的小宝宝！主人慌忙添座，客人谦让"孩子坐我腿上"！大家挤挤攘攘，其中还不乏中年发福之士，把圆桌围得密不通风，上菜需飞越人头，斟酒要从耳边下注，前排客满，主人在二排敬陪。

拟菜单也不简单。任何家庭都有它的招牌菜。可惜很少人肯用其所长，大概是以平素见过的饭馆酒席的局面作为蓝图。家里有厨师厨娘，自然一声吩咐，不再劳心，否则主妇势必亲自下厨操动刀俎。主人多半是擅长理论，真让他切葱剥蒜都未必能够胜任。所以拟定菜单，需要自知之明，临时"钻锅"翻看食谱未必有济于事。四冷荤，四热炒，四压桌，外加两道点心，似乎是无可再减，大鱼大肉，水陆杂陈，若不能使客人连串地打饱嗝，不能算是尽兴。菜单拟定的原则是把客人一个个地填得嘴角冒油。而客人所希冀的也往往是一场牙祭。有人以水饺宴客，馅子是猪肉菠菜，客人咬了一口，大叫："哟，里面怎么净是青菜！"一般人还是欣赏肥肉厚酒，管它是不是烂肠之食！

宴客的吉日近了，主妇忙着上菜市，挑挑拣拣，拣拣挑挑，又要物美又要价廉，装满两个篮子，半途休憩好几次才能气喘汗流地回到家。泡的，洗的，剥的，切的，闹哄一两天，然后丑媳妇怕见公婆也不行，吉日到了。客人早已折简相邀，难道还会不肯枉驾？不，守时不是我们的传统。准时到达，岂不像是"头如穹庐、咽细如针"的饿鬼？要让主人干着急，等他一催请再催请，然后徐徐命驾，姗姗来迟，这才像是大家风范。当然朋友也有特别性急而提早莅临的，那也使得主人措手不及慌成一团。客人的性格不一样，有人进门就选一个比较好的座位，两脚高架案上，真是宾至如归；也有人寒暄两句便一头扎进厨房，声称要给主妇帮忙，系着围裙伸着两只油手的主妇连忙谦谢不迭。等到客人到齐，无不饥肠辘辘。

落座之前还少不了你推我让的一幕。主人指定座位，时常无效，除非事前摆好名牌，而且写上官衔，分层排列，秩序井然。敬酒按说是主人的责任，但是也时常有热心人士代为执壶，而且见杯即斟，每斟必满。不知是什么时候什么人兴出来的陋习，几乎每个客人都会双手举杯齐眉，对着在座的每一位客人敬酒，一霎间敬完一圈，但见杯起杯落，如"兔儿爷捣碓"。不喝酒的也要把汽水杯子高高举起，虚应故事，喝酒的也多半是拧眉皱眼地抿那么一小口。一大盘热乎乎的东西端上来了，像翅羹，又像糨糊，一人一勺子，盘底花纹隐约可见，上面撒着的一层芫荽不知被哪一位像芟除毒草似的拨到了盘下，又不知被哪一位从盘下夹到嘴里吃了。还有人坚持海味非蘸醋不可，高呼要醋，等到一碟"忌讳"送上台面海味早已不见了。菜是一道一道地上，上一道客人喊一次"太丰富，太丰富"，然后埋头大嚼，不敢后人。主人照例谦称："不成敬意，家常便饭。"心直口快的客人就许提出疑问："这样的家常便饭，怕不要吃穷了？"主人也只好扑哧一笑而罢。将近尾声的时候，大概总有一位要先走一步，因为还有好几处应酬。这时候主妇踱了进来，红头涨脸，额角上还有几颗没揩干净的汗珠，客人举起空杯向她表示慰劳之意，她坐下胡乱吃一些残羹剩炙。

席终，香茗、水果伺候，客人靠在椅子上剔牙，这时节应该是客去主人安了。但是不，大家雅兴不浅，谈锋尚健，饭后磕牙，海阔天空，谁也不愿首先言辞，致败人意。最后大概是主人打了一个哈欠而忘了掩口，这才有人提议散会。天下无不散之筵席，奈何奈何？不要以为席终人散，立即功德圆满，地上有无数的瓜子皮、纸烟灰，桌上杯碟狼藉，厨房里有堆成山的盘碗锅勺，等着你办理善后！

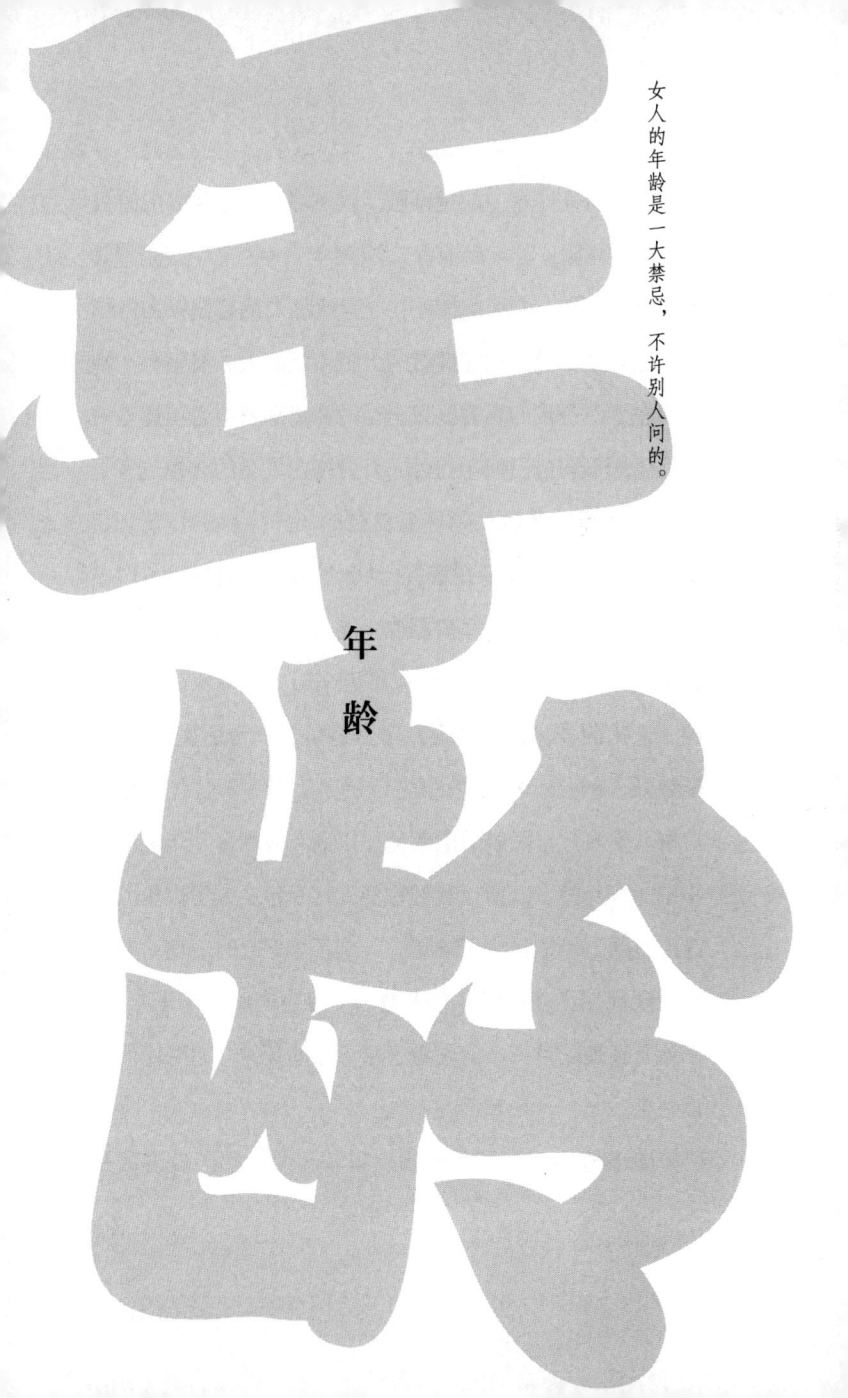

女人的年龄是一大禁忌，不许别人问的。

年龄

从前看人作序，或是题画，或是写匾，在署名的时候往往特别注明"时年七十有二""时年八十有五"或是"时年九十有三"，我就肃然起敬。春秋时人荣启期以为行年九十是人生一乐，我想拥有一大把年纪的人大概是有一种可以在人前夸耀的乐趣。只是当时我离那耄耋之年还差一大截子，不知自己何年何月才有资格在署名的时候也写上年龄。我揣想署名之际写上自己的年龄，那时心情必定是扬扬得意，好像是在宣告："小子们，你们这些黄口小儿，乳臭未干，虽然幸离襁褓，能否达到老夫这样的年龄恐怕尚未可知哩。"须知得意不可忘形，在夸示高龄的时候，未来的岁月已所余无几了。俗语有一句话说："棺材是装死人的，不是装老人的。"话是不错，不过你试把棺盖揭开看看，里面躺着的究竟是以老年人为多。年轻的人将来的岁月尚多，所以我们称他为富于年。人生以年龄计算，多活一年即是少了一年，人到了年促之时，何可夸之有？我现在不复年轻，看人署名附带声明时年若干若干，不再有艳羡之情了。倒是看了富于年的英俊，有时不胜羡慕之至。

裸子植物和双子叶植物，其茎部的细胞因春夏成长秋冬停顿之故而形成所谓年轮，我们可以从而测知其年龄。人没有年轮，而且也不便横切开来察验。人年纪大了常自谦为马齿徒增，也没有人掰开他的嘴巴去看他的牙齿。眼角生出鱼尾纹，脸上遍洒黑斑点，都不一定是老朽的征象。头发的黑白更不足为凭。有人春秋鼎盛而已皓首皤皤。有人已到黄耇之年而顶上犹有"不白之冤"，这都是习见之事。不过，岁月不饶人，冒充少年究竟不是容易事。地心的吸力谁也抵抗不住。脸上、颈上、腰上、踝上，连皮带肉地往下坠，虽不至于"载跋其胡"，那副龙钟的样子是瞒不了人的。别的部分还可以遮盖起来，面部经常暴露在外，经过几番风雨，多少回风霜，总会留下一些痕迹。

好像有些女人对于脸上的情况较为敏感。眼窝底下挂着两个泡囊，其状实在不雅，必剔除其中的脂肪而后快。两颊松懈，一条条的沟痕直垂到脖子上，下巴底下更是一层层的皮肉堆累，那就只好开刀，把整张的脸皮揪扯上去，像国剧一些演员化装那样，眉毛眼睛一齐上挑，两腮变得较为光滑平坦，皱纹似乎全不见了。此之谓美容、整容，俗称之为拉皮。行拉皮手术的人，都秘不告人，而且讳言其事。所以在饮宴席上，如有面无皱纹的年高名婆在座，不妨含混地称赞她驻颜有术，但是在点菜的时候不宜高声地要鸡丝拉皮。

其实自古以来也有不少男士热衷于驻颜。南朝宋颜延之《庭诰文》："炼形之家，必就深旷，反飞灵，糇丹石，粒芝精，所以还年却老，延华驻彩。"道学炼形养元，可以尸解升天，岂止延华驻彩？这都是一些姑妄言之的神话。贵为天子的人才真的想要还年却老，千方百计地求那不老的仙丹。看来只有晋孝武帝比较通达事理，他饮酒举杯属长星（即彗星）："长星，劝尔一杯酒，自古何时有万岁天子？"可是一般的天子或近似天子的人都喜欢听人高呼万岁无疆！

除了将要诹吉纳采交换庚帖之外，对于别人的真实年龄根本没有多加探讨的必要。但是我们的习俗，于请教"贵姓""大名""府上"之后，有时就会问起"贵庚""高寿"。有人问我多大年纪，我据实相告"七十八岁了"。他把我上下打量，摇摇头说："不像，不像，很健康的样子，顶多五十。"好像他比我自己知道得更清楚。那是言不由衷的恭维话，我知道，但是他有意无意地提醒了我刚忘记了的人生四苦。能不能不提年龄,说一些别的,如今天天气之类?

女人的年龄是一大禁忌,不许别人问的。有一位女士很旷达,人问其芳龄,她据实以告:"三十以上,八十以下。"其实人的年龄不大容易隐秘,下一番考证功夫,就能找出线索,虽不中亦不远矣。这样做,除了满足好奇心以外,没有多少意义。可是人就是好奇。有一位男士在咖啡厅里邂逅一位女士,在暗暗的灯光之下他实在摸不清对方的年龄,他用臂肘触了我一下,偷偷地在桌下伸出一只巴掌,戟张着五指,低声问我有没有这个数目,我吓了一跳,以为他要借五万块钱,原来他是打听对方芳龄有无半百。我用四个字回答他:"干卿底事?"有一位道行很高的和尚,涅槃的时候据说有一百好几十岁,考证起来聚讼纷纷。据我看,估量女士的年龄不妨从宽,七折八折优待。计算高僧的年腊也不妨从宽,多加三成五成。

人到了迟暮,如石火风灯,命在须臾,但是仍不喜欢别人预言他的大限。丘吉尔八十岁过生日,一位冒失的新闻记者有意讨好地说:"丘吉尔先生,我今天非常高兴,希望我能再来参加你的九十岁的生日宴。"丘吉尔耸了一下眉毛说："小伙子，我看你身体蛮健康的，没有理由不能来参加我九十岁的宴会。"胡适之先生素来善于言辞，有时也不免说溜了嘴，他六十八岁时候来台湾，有一次欢宴中遇到长他十几岁的齐如山先生，没话找话地说："齐先生，我看你活到九十岁绝无问题。"齐先生愣了一下说："我倒有个故事，有一位矍铄老叟，大家恭维他可以活到一百岁，他愤然作色曰：'我又不吃你的饭，你为什么限制我的寿数？'"胡先生急忙道歉："我说错了话。"

守时

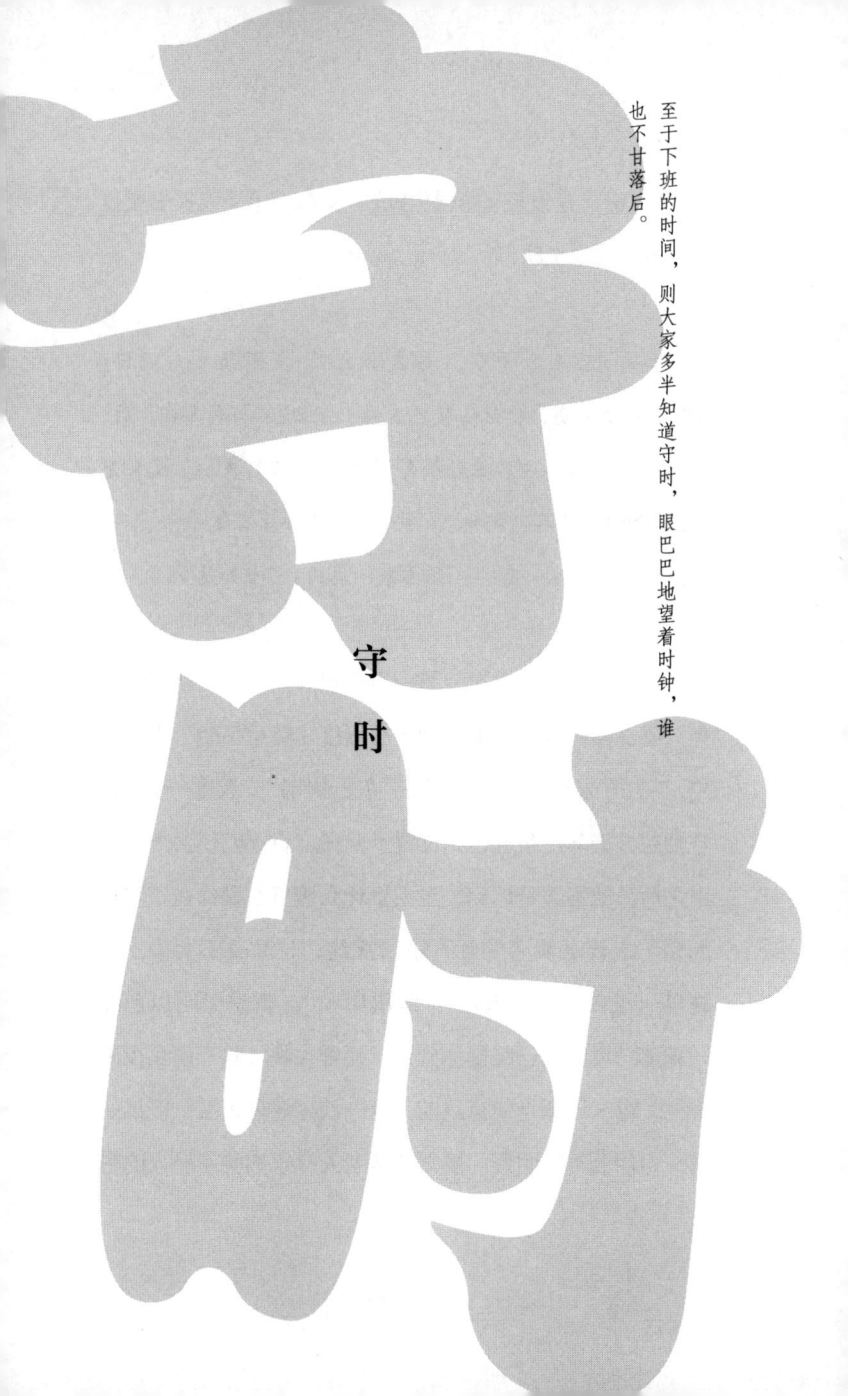

至于下班的时间,则大家多半知道守时,眼巴巴地望着时钟,谁也不甘落后。

《史记》五十五《留侯世家》，记载圯上老人授书张良的故事，甚为生动：

"……后五日平明，与我会此。"良因怪之，跪曰："诺。"五日平明，良往。父已先在，怒曰："与老人期，后，何也？"去，曰："后五日早会。"五日鸡鸣，良往。父又先在，复怒曰："后，何也？"去，曰："后五日复早来。"五日，良夜未半往。有顷，父亦来，喜曰："当如是。"

老人与良约会三次。第一次平明为期，平明就是天刚亮，语义相当含糊，天亮到什么程度才算是平明，本难确定。"东方未明"是一阶段，"东方未晞"，又是一阶段，等到东方天际泛鱼肚色则又是一阶段。良平明往，未落日出之后，就不算是迟到。老人发什么脾气？说什么"与老人期"之倚老卖老的话？第二次约，时间更不明确，只说早一点去。良鸡鸣往，"鸡既鸣矣"，就是天明以前的一刹那，事实上已经提早到达，还嫌太晚。第三次良夜未半往，夜未半即是午夜以前，这一次才满老人意。既然如此，为什么不早明说，虽然这是老人有意测验年轻人的耐性，但也不必这样蛮不讲理地折磨人。有人问我，假如遇见这样的一个老人做何感想，我说我愿效禅师的说法："大喝一声，一棒打杀！"

黄石公的故事是神话。不过守时却是古往今来文明社会共有的一个重要的道德信念。远古的时候问题简单，日出而作，日入而息，根本没有精确的时间观念，而且人与人要约的事恐怕也不太多。《易·系辞》所谓"日中为市，致天下之民，聚天下之货，交易而退，各得其所"，不失为大家在时间上共立的一个标准，晚近的庙会市集，也还各有其约定俗成的时期规格。自从有了漏刻，分昼夜为百刻，一天之内才算有正确时间可资遵循。周有挈壶氏，自唐至清有挈壶正，是专管时间的官员。沙漏较晚，制在元朝。到了近年，也还有放午炮之说。现代的准确计时之器，如钟表之类，则是明季的舶来品，"明万历二十八年，大西洋人利玛窦来献自鸣钟"（《续通考·乐考》），嗣后自鸣钟在国内就大行其道。我小时候在三贝子花园畅观楼内，尚及见清朝洋人所贡各式各样的自鸣钟，金光灿烂，洋洋大观。在民间几乎家家案上正中央都有一架自鸣钟，用一把钥匙上弦，昼夜按时刻叮叮当当地响。外国人家墙上常见的鹧鸪钟，一只小鸟从一个小门跳出来报时，在国内尚比较少见。好像我们老一辈的中国人特别喜爱钟表，除了背心上特缝好几个小衣袋专放怀表之外，比较富裕的人家墙上还常有一个硬木螺钿玻璃门的表柜，里面挂着二三十只形形色色的表，金的、银的、景泰蓝的、闷壳的，甚至背面壳里藏有活动秘戏图的，非如此不足以餍其收藏癖。至于如今的手表（实际是腕表）则高官大贾以至贩夫走卒无不备有一只了。

普遍地有了计时的工具，若是大家不知守时，又有何用？普通的衙门机关之类都定有办公时间，假如说是八点开始，到时候去看看，就会知道那是怎么一回事。大抵较低级的人员比较守时，虽然其中难免有几位忙着在办事桌上吃豆浆油条。首长及高级人员大概就姗姗来迟了，他们还有一套理由，只有到了十点左右办稿拟稿逐层旅行的公文才能到达他们手里，早去了没有用。至于下班的时间，则大家多半知道守时，眼巴巴地望着时钟，谁也不甘落后。

和民众接触最频繁的莫过于银行邮局，可是在门前逡巡好久，进门烧头炷香的顾客不见得立刻就能受理，往往还要伫候一阵子，因为柜台后面的先生小姐可能很忙，忙着打开保险柜，忙着搬运文件，忙着清理卡片，忙着数钞票，忙着调整戳印，甚至于忙着泡茶，件件都需要时间。顾客们要少安毋躁。

朋友宴客，有一两位照例迟到，一碟瓜子大家都快嗑完了，主人急得团团转，而那一两位客偏不来。按说"后至者诛"才是正理，但是后至者往往正是主客或是贵宾，所以必须虚上席以待。旧日戏园演戏，只有两盏汽油灯为照明之具，等到名角出台亮相，则几十盏电灯一齐照耀，声势非凡。有迟到之癖的客人大概是以名角自居，迟到之后不觉得歉然，反倒有得色。而迟到的人可能还要早退，表示另有一处要应酬，也许只是虚晃一招，实际是回家吃碗蛋炒饭。

要守时，但不一定要分秒不差，那就是苛求了。但也不能距约定时间太远。甲欲访乙，先打电话过去商洽，这是很有礼貌的行为，甲问什么时候驾临，乙说马上就去。问题就出在这"马上"二字，甲忘了叮问是什么马，是"竹批双耳峻，风入四蹄轻"的胡马，还是"皮干剥落，毛暗萧条"的瘦马，是练习纵跃用的木马，还是渡过了康王的泥马。和人要约，害得对方久等，揆诸时间即生命之说，岂是轻轻一声抱歉所能赎其罪愆？

　　守时不是容易事，要精神总动员。要不要先整其衣冠，要不要携带什么，要不要预计途中有多少红灯，都要通过大脑盘算一下。迟到固然不好，早到亦非万全之策，早到给自己找烦恼，有时候也给别人以不必要的窘。黄石公那段故事是例外，不足为训。记得莎士比亚有一句戏词："赴情人约，永远是早到。"情人一心一意地在对方身上，不肯有分秒的延误，同时又怕对方忍受枯守之苦，所以"月上柳梢头，人约黄昏后"，老早地就去等着，"月移花影动，疑是玉人来"了。

　　我们能不能推爱及于一切邀约，大家都守时？

搬家

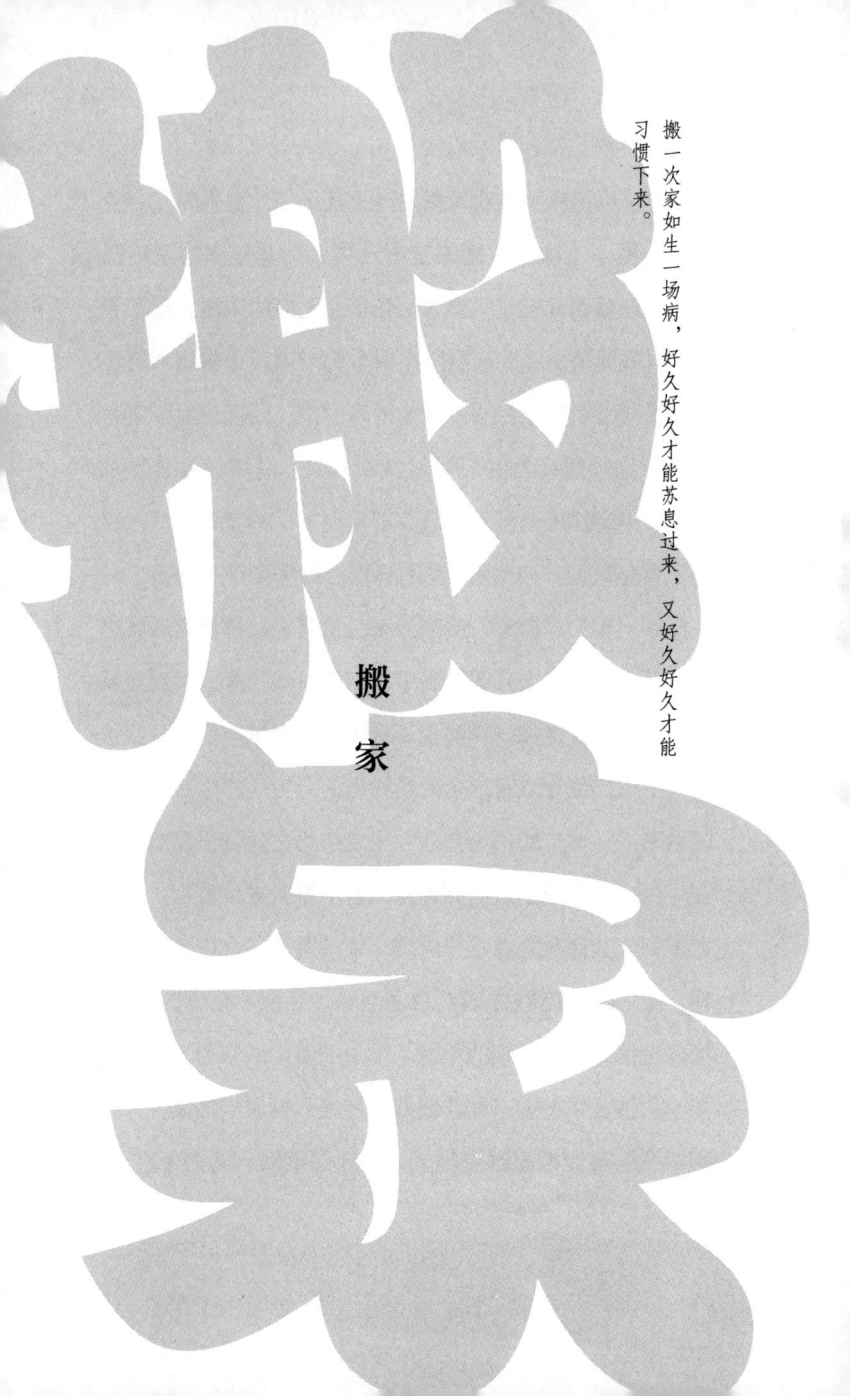

搬一次家如生一场病,好久好久才能苏息过来,又好久好久才能习惯下来。

有人讥笑我，说我大概是吃了耗子药，否则怎么会五年之内搬了三次家。搬家是辛苦事。除非是真的家徒四壁，任谁都会蓄积一些弃之可惜留之无用的东西，到了搬家的时候才最感觉到累赘。小时候师长就谆谆告诫不可暴殄天物，常引陶侃竹头木屑的故事为例，所以长大了之后很难改除收藏废物的习惯，日积月累，满坑满谷全是东西。其中一部分还怪不得我，都是朋友们的宠锡嘉贶，有些还真是近似"白象"，也不管蜗居逼仄到什么地步，一头接着一头的"白象"接踵而来，常常是在拜领之后就进了储藏室或是束之高阁。到了搬家的时候，陈谷子烂芝麻一齐出仓，还是哪一样都舍不得丢。没办法，照搬。我认识一个人，他也是有这个爱惜物资的老毛病，当年他到外国读书，订购牛奶每天一瓶，喝完牛奶之后觉得那瓶子实在可爱，洗干净之后通明透剔，舍不得丢进垃圾桶，就放在屋角，久而久之成了一大堆，地板有压坏之虞，无法处理，最后花一笔钱才请人为之清除。我倒不至于这样痴，可是毛病也不少。别的不提，单说朋友们的来信，我照例往一只抽屉里一丢，并非庋藏，可是一抽屉一抽屉塞得结结实实，难道搬家时也带了走？要想审阅一遍去芜存菁，那工程也很浩大，无已，硬着头皮选出少数的存留，剩下的大部分的朵云华笺最好是付之丙丁，然而那要构成空气污染也于心不忍，只好弃之，好在内中并无机密。我还听说有一位先生，每天看完报纸必定折叠整齐，一天一沓，一月一捆，久之堆积到充栋的地步，一日行经其下，报纸堆突然倒坍，老先生压在底下受伤竟至不治。我每次搬家必定割舍许多平素不肯抛弃的东西，可叹的是旧的才去新的又来。

搬一次家要动员好多人力。我小时在北平有过两次搬家的经验。大敞车、排子车、人力车，外加十个八个"窝脖儿的"，忙活十天半个月才暂告段落。所谓"窝脖儿的"，也许有人还没听说过，凡是精致的家具，如全堂的紫檀、大理石心的硬木桌椅，以至于玻璃罩的大座钟和穿衣镜等等，都禁不得磕碰，不能用车运送，就是雕花的柜橱之类也不能上车。于是要雇请"窝脖儿的"来任艰巨。顾名思义，他的运输工具主要的就是他的脖颈。他把头低下来，用一块麻包之类的东西垫在他的脖颈上，再加上一块夹板，几百斤重的东西架在他的脖子上，他伸出两手扶着，就健步如飞地上路了。我曾察看他的脖子，与众不同，有一大块青紫的肉坟起如驼峰，是这一行业的标记。后来有所谓搬场公司，这一行就没落了。可是据我的经验，所谓搬场公司虽然扬言服务周到，打个电话就来，可是事到临头，三五个粗壮大汉七手八脚像拆除大队似的把东西塞满大卡车、小发财，一声吆喝，风驰电掣而去，这时候我便不由得想起从前的窝脖儿的那一行业。搬一次家，家具缺胳膊短腿是保不齐的，至若碰瘪几个坑、擦掉几块漆，那是题中应有之义，可以算作一种折旧，如果搬家也可以用货柜制度该有多好，即使有人要在你忙乱之际顺手牵羊，也将无所施其技。

　　搬一次家如生一场病，好久好久才能苏息过来，又好久好久才能习惯下来。这一切都没有什么可怨的，只要有个地方可以栖迟也就罢了。我从小到大，居住的地方越搬越小，从前有个三进五进外加几个跨院，如今则以坪计。喜乐先生给我画过一幅《故居图》，是极高明的一幅界画，于俯瞰透视之中绘出平昔宴居之趣，悬在壁上不时地撩起我的故乡之思，而那旧式的庭院也是值得怀念的。如今我的家越搬越高，搬到了十几层之上，在这一点上倒是名副其实的乔迁。

俗话说"千金买房，万金买邻"，旨哉言也。孟母三迁，还不是为了邻居不大理想？假使孟母生于今日，卜居一大城市之中，恐怕非一日一迁不可。孟母三迁，首先是因为其舍近墓，后来迁居市旁，其地又为贾人炫卖之所，最后徙居学宫之旁，才决定安居下去。"昔孟母，择邻处"，主要是为了孩子，怕孩子受环境影响，似尚不曾考虑环境的安宁、卫生等等条件。如今择邻而处，真是万难。我如今的住处，左也是学宫，右也是学宫，几曾见有"设俎豆揖让进退"之事？时常是咙聒之声盈耳，再不就是操场上的扩音喇叭疯狂地叫喊。贾人炫卖更是常事，如果楼下没有修理汽车的小肆之夜以继日地敲敲打打就算是万幸了。我住的地方位于台北盆地之中，四面是山，应该是有"山花如水净，山鸟与云闲"（王荆公诗）的景致，但是不，远山常为雾罩，眼前看到的全是鳞次栉比的鸽子笼。而且千不该万不该我买了一具望远镜，等到天朗气清之日向远山望去，哇！全是累累的坟墓。我想起洛阳北门外有北邙山，"北邙山头少闲土，尽是洛阳人旧墓"（王建诗），城外多少土馒头，城内多少馒头馅，亘古如斯，倒也不是什么值得特别感慨的事。不过我住的地方傍着一条交通孔道,早早晚晚车如流水,轰轰隆隆,其中最令人心惊的莫过于丧车。张籍诗:"洛阳北门北邙道,丧车辚辚入秋草。"我所听到的声音不只是辚辚,于辚辚之外还有锣、鼓、喇叭、唢呐,以及不知名的敲打吹腔的乐器,有不成节奏的节奏和不成腔调的腔调。不过有一回我听出了所奏的是《苏武牧羊》。这种乐队车常不止一辆,场面大的可能有十辆八辆,南管北管、洋鼓洋号各显其能。这种大出丧、小出丧,若遇黄道吉日,一天可有几十档子由我楼下经过。有人来贺新居问我,住在这样的地方听这种声音,是不是不大吉利。我说,这有什么不吉利。想起王荆公一首五古《两山间》,其中有这样几句:

我欲抛山去,山仍劝我还。
只应身后冢,亦是眼中山。
且复依山住,归鞍未可攀。

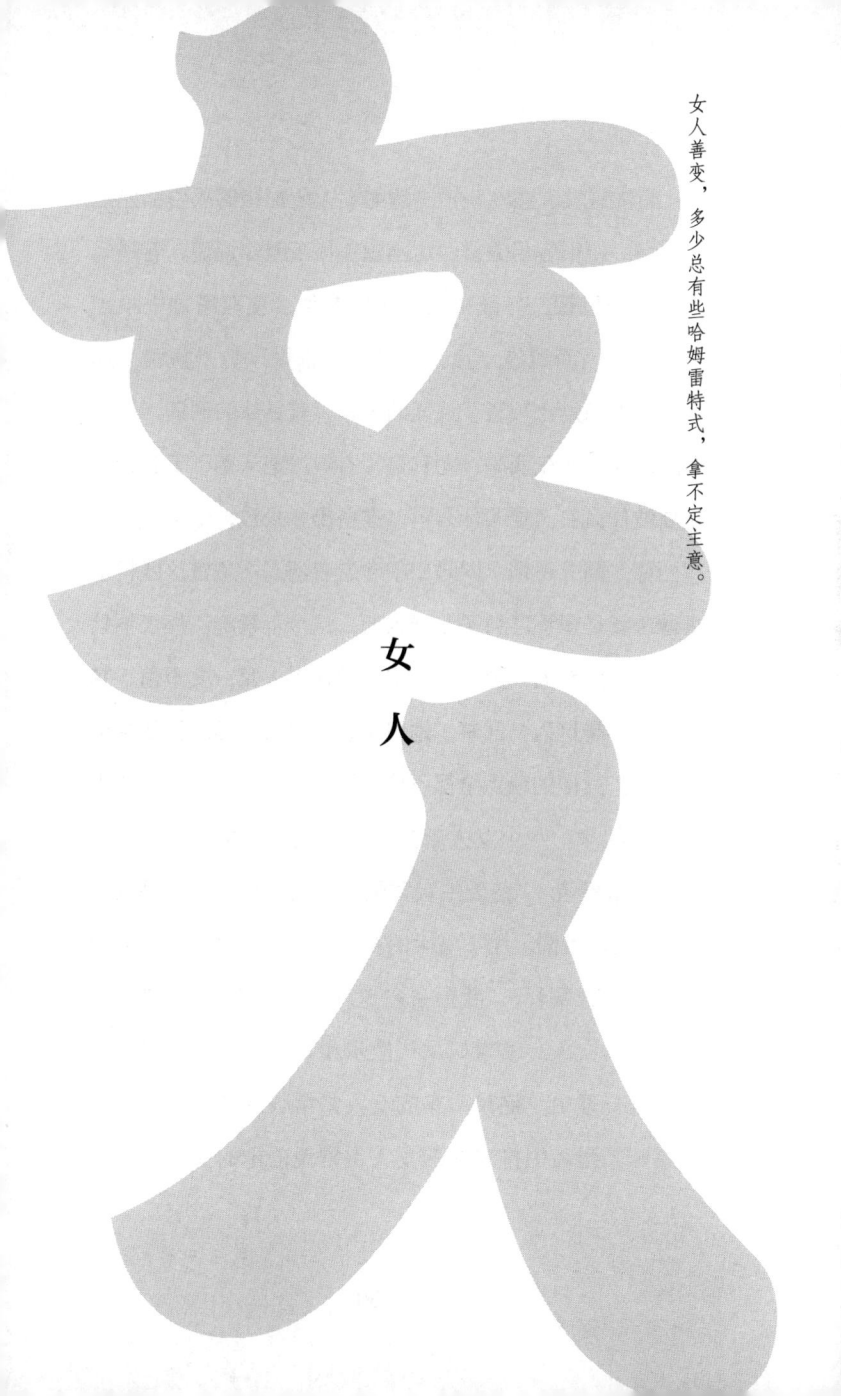

女人善变,多少总有些哈姆雷特式,拿不定主意。

女人

有人说女人喜欢说谎，假如女人所捏撰的故事都能抽取版税，便很容易致富。这问题在什么叫作说谎。若是运用小小的机智，打破眼前小小的窘僵，获取精神上小小的胜利，因而牺牲一点点真理，这也可以算是说谎，那么，女人确是比较富于说谎的天才。有具体的例证。你没有陪过女人买东西吗？尤其是买衣料，她从不干干脆脆地说要做什么衣，要买什么料，准备出多少钱；她必定要东挑西拣，翻天覆地，同时口中念念有词，不是嫌这匹料子太薄，就是怪那匹料子花样太旧，这个不禁洗，那个不禁晒，这个缩头大，那个门面窄，批评得人家一文不值。其实，满不是这么一回事，她只是嫌价码太贵而已！如果价钱便宜，其他的缺点全都不成问题，而且本来不要买的也要购储起来。一个女人若是因为炭贵而不生炭盆，她必定对人解释说：" 冬天生炭盆最不卫生，到春天容易喉咙痛！"屋顶渗漏，塌下盆大的灰泥，在修补之前，女人便会向人这样解释："我预备在这地方安装电灯。"自己上街买菜的女人，常常只承认散步和呼吸新鲜空气是她上街的唯一理由。艳羡汽车的女人常常表示她最厌恶汽油的臭味。坐在中排看戏的女人常常说前排的头等座位最不舒适。一个女人馈赠别人，必说："实在买不到什么好的……"其实这东西根本不是她买的，是别人送给她的。一个女人表示愿意陪你去上街走走，其实是她顺便要买东西。总之，女人总欢喜拐弯抹角的，放一个小小的烟幕，无伤大雅，颇占体面。这也是艺术，王尔德不是说过"艺术即是说谎"吗？这些例证还只是一些并无版权的谎话而已。

女人善变，多少总有些哈姆雷特式，拿不定主意。问题大者如离婚结婚，问题小者如换衣换鞋，都往往在心中经过一读二读三读，决议之后再复议，复议之后再否决。女人决定一件事之后，还能随时做一百八十度的大转弯，做出那与决定完全相反的事，使人无法追随。因为变得急速，所以容易给人以"脆弱"的印象。莎士比亚有一名句："'脆弱'呀，你的名字叫作'女人'！"但这脆弱，并不永远使女人吃亏。越是柔韧的东西越不易摧折。女人不仅在决断上善变，即便是一个小小的别针位置也常变，午前在领扣上，午后就许移到了头发上。三张沙发，能摆出若干阵势；几根头发，能梳出无数花头。讲到服装，其变化之多，常达到荒谬的程度。外国女子的帽子，可以是一根鸡毛，可以是半只铁锅，或是一个畚箕。中国女人的袍子，变化也就够多，领子高的时候可以使她像一只长颈鹿，袖子短的时候恨不得使两腋生风，至于纽扣盘花、绲边镶绣，则更加变幻莫测。"上帝给她一张脸，她能另造一张出来。""女人是水做的"，是活水，不是止水。

女人善哭。从一方面看，哭常是女人的武器，很少人能抵抗她这泪的洗礼。俗语说"一哭二闹三上吊"，这一哭确实其势难当。但从另一方面看，哭也常是女人的内心的"安全瓣"。女人的忍耐的力量是伟大的，她为了男人，为了小孩，能忍受难堪的委屈。女人对于自己的享受方面，总是属于"斯多亚派"的居多。男人不在家时，她能立刻成为素食主义者，火炉里能爬出老鼠，开电灯怕费电，再关上又怕费开关。平素既已极端刻苦，一旦精神上再受刺激，便忍无可忍，一腔悲怨天然地化作一把把的鼻涕眼泪，从"安全瓣"中汩汩而出，腾出空虚的心房，再来接受更多的委屈。女人很少破口骂人（骂街便成泼妇，其实甚少），很少揎袖挥拳，但泪腺就比较发达。善哭的也就常常善笑，迷迷地笑，哧哧地笑，咯咯地笑，哈哈地笑，笑是常驻在女人脸上的，这笑脸常常成为最有效的护照。女人最像小孩，她能为了一个滑稽的姿态而笑得前仰后合、肚皮痛、淌眼泪，以至于翻筋斗！哀与乐都像是常川有备，一触即发。

女人的嘴，大概是用在说话方面的时候多。女孩子从小就往往口齿伶俐，就是学外国语也容易朗朗上口，不像嘴里含着一个大舌头。等到长大之后，三五成群，说长道短，声音脆，嗓门高，如蝉噪，如蛙鸣，真当得好几部鼓吹！等到年事再长，万一堕入"长舌"型，则东家长，西家短，飞短流长，搬弄多少是非，惹出无数口舌；万一堕入"喷壶嘴"型，则琐碎繁杂，絮聒唠叨，一件事要说多少回，一句话要说多少遍，如喷壶下注、万流齐发，当者披靡，不可向迩！一个人给他的妻子买一件皮大衣，朋友问他："你是为使她舒适吗？"那人回答说："不是，为使她少说些话！"

女人胆小，看见一只老鼠而当场昏厥，在外国不算是奇闻。中国女人胆小不至如此，但是一声霹雷使得她拉紧两个老妈子的手而仍战栗不止，倒是确有其事。这并不是做作，并不是故意在男人面前作态，使他有机会挺起胸脯说："不要怕，有我在！"她是真怕。在黑暗中或荒僻处，没有人，她怕；万一有人，她更怕！屠牛宰羊，固然不是女人的事，杀鸡宰鱼，也不是不费手脚。胆小的缘故，大概主要的是体力不济。女人的体温似乎较低一些，有许多女人怕发胖而食无求饱，营养不足，再加上怕臃肿而衣裳单薄，到冬天瑟瑟打战，袜薄如蝉翼，把小腿冻得作"浆米藕"色，两只脚放在被里一夜也暖不过来，双手捧热水袋，从八月捧起，捧到明年五月，还不忍释手。抵抗饥寒之不暇，焉能望其胆大。

女人的聪明，有许多不可及处，一根棉线，一下子就能穿入针孔，然后一下子就能在线的尽头处打上一个结子，然后扯直了线在牙齿上砰砰两声，针尖在头发上擦抹两下，便能开始解决许多在人生中并不算小的苦恼，例如缝上衬衣的扣子，补上袜子的破洞之类。至于几根篾棍，一上一下地编出多少样物事，更是令人叫绝。有学问的女人，创辟"沙龙"，对任何问题能继续谈论至半小时以上，不但不令人入睡，而且令人疑心她是内行。

男人多半自私。他的人生观中有一基本认识,即宇宙一切均是为了他的舒适而安排下来的。

男人

男人令人首先感到的印象是脏！当然，男人当中亦不乏刷洗干净洁身自好的，甚至还有油头粉面衣冠楚楚的，但大体讲来，男人消耗肥皂和水的数量要比较少些。某一男校，对于学生洗澡是强迫的，入浴签名，每周计核，对于不曾入浴的初步惩罚是宣布姓名，最后的断然处置是定期强迫入浴，并派员监视，然而日久玩生，签名簿中尚不无浮冒情事。有些男人，西装裤尽管挺直，他的耳后脖根，土壤肥沃，常常宜于种麦！袜子手绢不知随时洗涤，常常日积月累，到处塞藏，等到无可使用时，再从那一堆污垢存货当中拣选比较干净的去应急。有些男人的手绢，拿出来硬像是土灰面制的百果糕，黑乎乎黏成一团，而且内容丰富。男人的一双脚，多半好像是天然地具有泡菜霉干菜再加糖蒜的味道，所谓"濯足万里流"是有道理的，小小的一盆水确是无济于事，然而多少男人却连这一盆水都吝而不用，怕伤元气。两脚既然如此之脏，偏偏有些"逐臭之夫"喜于脚上藏垢纳污之处往复挖掘，然后嗅其手指，引以为乐！多少男人洗脸都是专洗本部，边疆一概不理，洗脸完毕，手背可以不湿。有的男人是在结婚后才开始刷牙。"扪虱而谈"

的是男人。还有更甚于此者,曾有人当众搔背,结果是从袖口里面摔出一只老鼠!除了不可挽救的脏相之外,男人的脏大概是由于懒。

对了!男人懒。他可以懒洋洋坐在旋椅上,五官四肢,连同他的脑筋(假如有),一概停止活动,像呆鸟一般;"不有博弈者乎……"那段话是专对男人说的。他若是上街买东西,很少时候能令他的妻子满意,他总是不肯多问几家,怕跑腿,怕费话,怕讲价钱。什么事他都嫌麻烦,除了指使别人替他做的事之外,他像残废人一样,对于什么事都愿坐享其成,而名之曰"室家之乐"。他提前养老,至少提前三二十年。

紧毗连着"懒"的是"馋"。男人大概有好胃口的居多。他的嘴,用在吃的方面的时候多,他吃饭时总要在菜碟里发现至少一英寸[1]见方半英寸厚的肉,才能算是没有吃素。几天不见肉,他就喊"嘴里要淡出鸟来!"若真个三月不知肉味,怕不要淡出毒蛇猛兽来!有一个人半年没有吃鸡,看见了鸡毛帚就流涎三尺。一餐盛馔之后,他的人

---

[1] 英美制长度单位,1英寸约合2.54厘米。

生观都能改变，对于什么都乐观起来。一个男人在吃一顿好饭的时候，他脸上的表情硬是在感谢上天待人不薄；他饭后衔着一根牙签，红光满面，硬是觉得可以骄人。主中馈的是女人，修食谱的是男人。

男人多半自私。他的人生观中有一基本认识，即宇宙一切均是为了他的舒适而安排下来的。除了在做事赚钱的时候不得不忍气吞声地向人奴颜婢膝外，他总是要做出一副老爷相。他的家便是他的国度，他在家里称王。他除了为赚钱而吃苦努力外，他是一个"伊壁鸠鲁派"，他要享受。他高兴的时候，孩子可以骑在他的颈上，他引颈受骑，他可以像狗似的满地爬；他不高兴时，他看着谁都不顺眼，在外面受了闷气，回到家里来加倍地发作。他不知道女人的苦处。女人对于他的殷勤委屈，在他看来，就如同犬守户鸡司晨一样稀松平常，都是自然现象。他说他爱女人，其实他不是爱，是享受女人。他不问他给了别人多少，但是他要在别人身上尽量榨取。他觉得他对女人最大的恩惠，便是把赚来的钱全部或一部分拿回家来；但是当他把一卷卷的钞票从衣袋里掏出来的时候，他的脸上的表情是骄傲的成分多，亲爱的成分少,好像是在说:"看我!你行吗?我这样待你,你多幸运!"他若是感觉到这家不复是他的乐园,他便有多样的借口不回到家里来。他到处云游,他另辟乐园。他有聚餐会,他有酒会,他有桥会,他有书会画会棋会,他有夜会,最不济的还有个茶馆。他的享乐的方法太多。假如轮回之说不假,下世侥幸依然投胎为人,很少男人情愿下世做女人的。他总觉得这一世生为男身,而享受未足,下一世要继续努力。

"群居终日,言不及义"原是人的通病,但是言谈的内容,却男女有别。女人谈的往往是"我们家的小妹又病了!""你们家每月开销多少?"之类。男人的是另一套,普通的方式,男人的谈话,最后不谈到女人身上便不会散场。这一个题目对男人最有兴味。如果有一个桃色案他们唯恐其和解得太快。他们好议论人家的隐私,好批评别人的妻子的性格相貌。"长舌男"是到处有的,不知为什么这名词尚不甚流行。

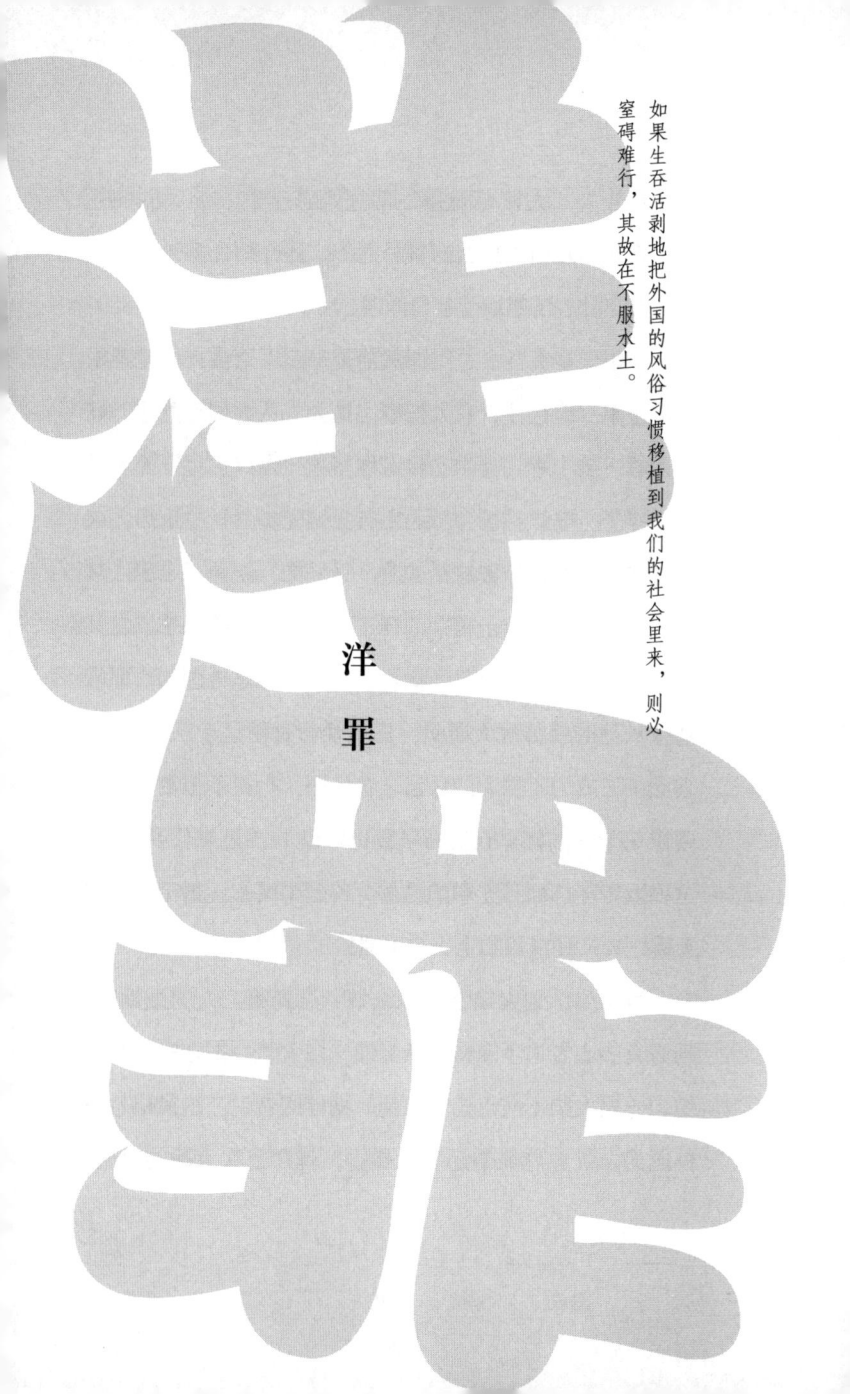

如果生吞活剥地把外国的风俗习惯移植到我们的社会里来，则必窒碍难行，其故在不服水土。

洋 罪

有些人，大概是觉得生活还不够丰富，于顽固的礼教、愚昧的陋俗、野蛮的禁忌之外，还介绍许多外国的风俗习惯，甘心情愿地受那份洋罪。

例如：宴集茶会之类偶然恰是十三人之数，原是稀松平常之事，但往往就有人把事态扩大，认为情形严重，好像人数一到十三，其中必将有谁虽欲"寿终正寝"而不可得的样子。在这种场合，必定有先知先觉者托故逃席，或临时加添一位，打破这个凶数，又好像只要破了十三，其中人人必然"寿终正寝"的样子。对于十三的恐怖，在某种人中间近已颇为流行。据说，它的来源是外国的。耶稣基督被他的使徒犹大所卖，最后晚餐时便是十三人同席。因此十三成为不吉利的数目。在外国，听说不但宴集之类要避免十三，就是旅馆的号数也常以十二Ａ来代替十三。这种近于迷信而且无聊的风俗，移到中国来，则于迷信与无聊之外，还应该加上一个可嗤！

再例如：划火柴给人点纸烟，点到第三人的纸烟时，则必有热心者迫不及待地从旁嘘一口大气，把你的火柴吹熄。一根火柴不准点三支纸烟。据博闻者说，这风俗也是外国的。好像这风俗还不怎样古，就在上次大战的时候，夜晚战壕里的士兵抽烟，如果火柴的亮光延续到能点燃三支纸烟那么久，则敌人的枪弹炮弹必定一齐飞来。这风俗虽"与抗战有关"，但在敌人枪炮射程以外的地方，若不加解释，则仍容易被人目为近于庸人自扰。

又例如：朋辈对饮，常见有碰杯之举，把酒杯碰得当一声响，然后同时仰着脖子往下灌，咕噜咕噜地灌下去，点头咂嘴，踌躇满志。为什么要碰那一下子呢？这又是外国规矩。据说在相当古的时候，而人心即已不古，于揖让酬应之间，就许在酒杯里下毒药，所以主人为表明心迹起见，不得不与客人喝个"交杯酒"，交杯之际，当的一声是难免的。到后来，去古日远，而人心反倒古起来了，酒杯里下毒药的事情渐不多见，主客对饮只需做交杯状，听那当然一响，便可以放心大胆地喝酒了。碰杯之起源，大概如此。在"安全第一"的原则之下，喝交杯酒是未可厚非的。如果碰一下杯，能令我们警惕戒惧，不致忘记了以酒肉相饷的人同时也有投毒的可能，而同时酒杯质料相当坚牢不致磕裂碰碎，那么，碰杯的风俗却也不能说是一定要不得。

大概风俗习惯，总是慢慢养成，所以能在社会通行。

如果生吞活剥地把外国的风俗习惯移植到我们的社会里来，则必窒碍难行，其故在不服水土。讲到这里我也有一个具体的而且极端的例子：四月一日，打开报纸一看，皇皇启事一则如下："某某某与某某某今得某某某与某某某先生之介绍及双方家长之同意，订于四月一日在某某处行结婚礼，国难期间一切从简，特此敬告诸亲友。"结婚只是男女两人的事，与别人无关，而别人偏偏最感兴趣。启事一出，好事者奔走相告，更好事者议论纷纷，尤好事者拍电致贺。

四月二日报纸上有更皇皇的启事一则如下："某某某启事，昨为西俗万愚节，友人某某某先生遂假借名义，代登结婚启事一则以资戏弄，此事概属乌有，诚恐淆乱听闻，特此郑重声明。"好事者嗒然若丧，更好事者引为谈助，尤好事者则去翻查百科全书，寻找万愚节之源起。

四月一日为万愚节，西人相绐以为乐。其是否为陋俗，我们管不着，其是否把终身大事也划在相绐的范围以内，我们亦不得知。我只觉得这种风俗习惯，在我们这国度里，似嫌不合国情。我觉得我们几乎是天天在过万愚节。舞文弄墨之辈，专作欺人之谈，且按下不表，单说市井习见之事，即可见我们平日颇不缺乏相绐之乐。有些店铺高高悬起"言无二价""童叟无欺"的招牌,这就是反映着一般的诳价欺骗的现象。凡是约期取件的商店,如成衣店、洗衣店、照相馆之类,因爽约而使我们徒劳往返的事是很平常的,然对外国人则不然,与外国人约甚少爽约之事。我想这原因大概就是外国人只有在四月一日那一天才肯以相绐为乐,而在我们则一年三百六十五天,随便哪一天都无妨定为万愚节。

万愚节的风俗,在我个人,并不觉得生疏,我不幸从小就进洋习甚深的学校,到四月一日总有人伪造文书诈欺取乐,而受愚者亦不以为忤。现在年事稍长,看破骗局甚多,更觉谑浪取笑无伤大雅。不过一定要仿西人所为,在四月一日这一天把说谎普遍化、合理化,而同时在其余的三百六十多天又并不仿西人所为,仍然随时随地地言而无信互相欺诈,我终觉得大可不必。

外国的风俗习惯永远是有趣的,因为异国情调总是新奇的居多。新奇就有趣。不过若把异国情调生吞活剥地搬到自己家里来,身体力行,则新奇往往成为桎梏,有趣往往成为肉麻。基于这种道理,很有些人至今喝茶并不加白糖与牛奶。

拜年

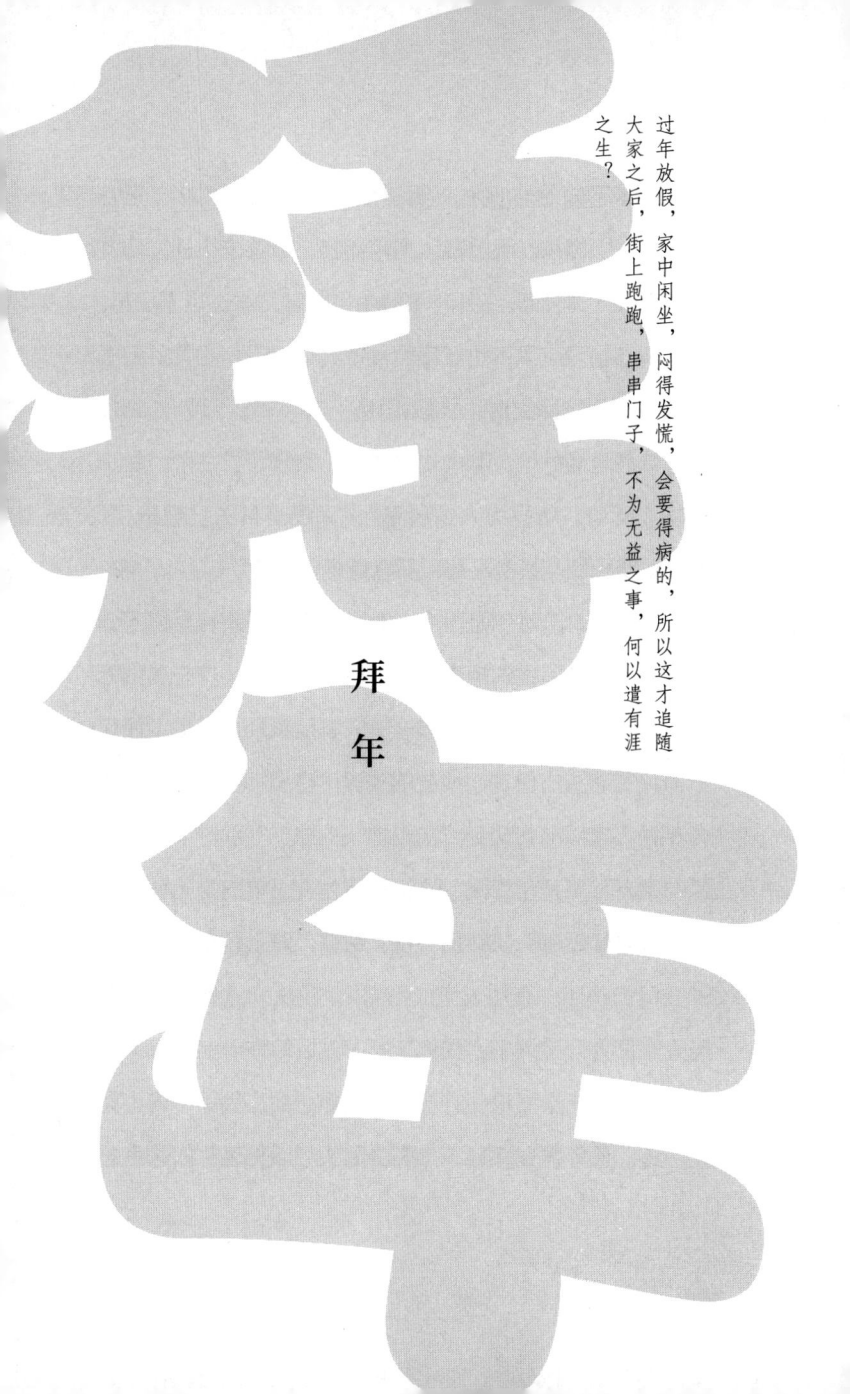

过年放假,家中闲坐,闷得发慌,会要得病的,所以这才追随大家之后,街上跑跑,串串门子,不为无益之事,何以遣有涯之生?

拜年不知始自何时。明田汝成《熙朝乐事》:"正月元旦,夙兴盥漱,啖黍糕,谓年糕;家长少毕拜,姻友投笺互拜,谓拜年。"拜年不会始自明时,不过也不会早,如果早已相习成风,也就不值得特为一记了。尤其是务农人家,到了岁除之时,比较清闲,一年辛苦,透一口气,这时节酒也酿好了,腊肉也腌透了,家祭蒸尝之余,长少毕拜,所谓"新岁为人情所重",大概是自古已然的了。不过演变到姻友投笺互拜,那就是另一回事了。

回忆幼时,过年是很令人心跳的事。平素轻易得不到的享乐与放纵,在这短短几天都能集中实现。但是美中不足、最煞风景的莫过于拜年一事。自己辈分低,见了任何人都只有磕头的份。而纯洁的孩提,心里实在纳闷,为什么要在人家面前匍匐到"头着地"的地步。那时节拜年是以向亲友长辈拜年为限,这份差事为人子弟的是无法推脱的。我只好硬着头皮穿上马褂、缎靴,跨上轿车,按照单子登门去拜年。有些人家"挡驾",我认为这最知趣;有些人家迎你升堂入室,受你一拜,然后给你一盏甜茶,扯几句淡话,礼毕而退;有些人家把你让到正大厅,内中阒无一人,任你跪在红毡子上朝上磕头,活见鬼!如是者总要跑上三两天。见人就磕头,原是处世妙方,可惜那时不甚了了。

后来年纪渐长,长我一辈两辈的人都很合理地凋谢了,于是每逢过年便不复为拜年一事所苦。自己吃过的苦,也无意再加在自己的儿子身上去。阳春雪霁,携妻室儿女去挤厂甸,冻得手脚发僵,买些琉璃喇叭大糖葫芦,比起奉命拜年到处做磕头虫,岂不有趣得多?

几十年来我已不知拜年为何物。初到台湾时,大家都是惊魂甫定,谈不到年,更谈不到拜年。最近几年来,情形渐渐不对了,大家忽地一窝蜂拜起年来了。天天见面的朋友们也相拜年,下属给长官拜年,邻居给邻居拜年。初一那天,我居住的陋巷真正途为之塞,交通断绝一二小时。每个人咧着大嘴,拱拱手,说声"恭喜发财",也不知喜从何处来,财从何处发,如痴如狂,满大街小巷的行尸走肉。一位天主教的神父,见了我也拱起手说"恭喜发财",出家人尚且如此,在家人复有何说?大家好像是完全忘记了现在是战时,完全忘记了现在《戒严法》《总动员法》都还有效,竟欢喜忘形,创造出这种形式的拜年把戏。我说这是创造,因为这不合古法,也不合西法,而且也不合情理，完全是胡闹。

胡闹而成了风气，想改正便不容易。有一位不肯随波逐流的人，元旦之晨犹拥被高卧，但是禁不住家人催促，只好强勉出门，未能免俗。心里忽然一动，与其游朱门，不如趋蓬户，别人锦上添花，我偏雪中送炭，于是他不去拜上司，反而去拜下属。于是进陋巷，款柴扉，来应门的是一个三尺童子，大概从来没见有这样的人来拜年过，小孩子亦受宠若惊，回头就跑，正好触到一块绊脚石，跌了一跤，脑袋撞在石阶上，鲜血直喷。拜年者和被拜年者慌作一团，送医院急救，一场血光之灾结束了一场拜年的闹剧，可见顺逆之势不可强勉，要拜年还是到很多人都去拜年的地方去拜。

拜年者使得人家门庭若市，对于主人也构成威胁。我看见有人在门前张贴告示："全家出游，恭贺新禧！"有时亦不能收吓阻之效，有些客人便闯进去，则室内高朋满座，香烟缭绕，一桌子的糖果，一地的瓜子皮。使得投笺拜年者反倒显着生分了。在这种场合，剥两只干桂圆，喝几口茶水，也就可以起身，不必一定要像以物出物的楔子，等待下一批客人来把你生顶出去。拜年虽非普通日子访客可比，究竟仍以给人留下吃饭睡觉的时间为宜。

有人向我说："你别自以为众醉独醒，大家的见识是差不多的，谁愿意把两腿弄得清酸，整天价在街上狼奔豕窜？还不是闷得发慌？到了新正，荒斋之内举目皆非，想想家乡不堪闻问，瞻望将来则有的说有望，有的说无望，有的心里无望而嘴巴里却说有望。望，望，望，我们望了十多年了，以后不知还要再望多么久。人是血肉做的，一生有几个十多年？过年放假，家中闲坐，闷得发慌，会要得病的，所以这才追随大家之后，街上跑跑，串串门子，不为无益之事，何以遣有涯之生？谁还真个要给谁拜年？拜年？想得好！兴奋之后便是麻痹，难得大家兴奋一下。"

这样说来，拜年岂不是成了一种"苦闷的象征"？

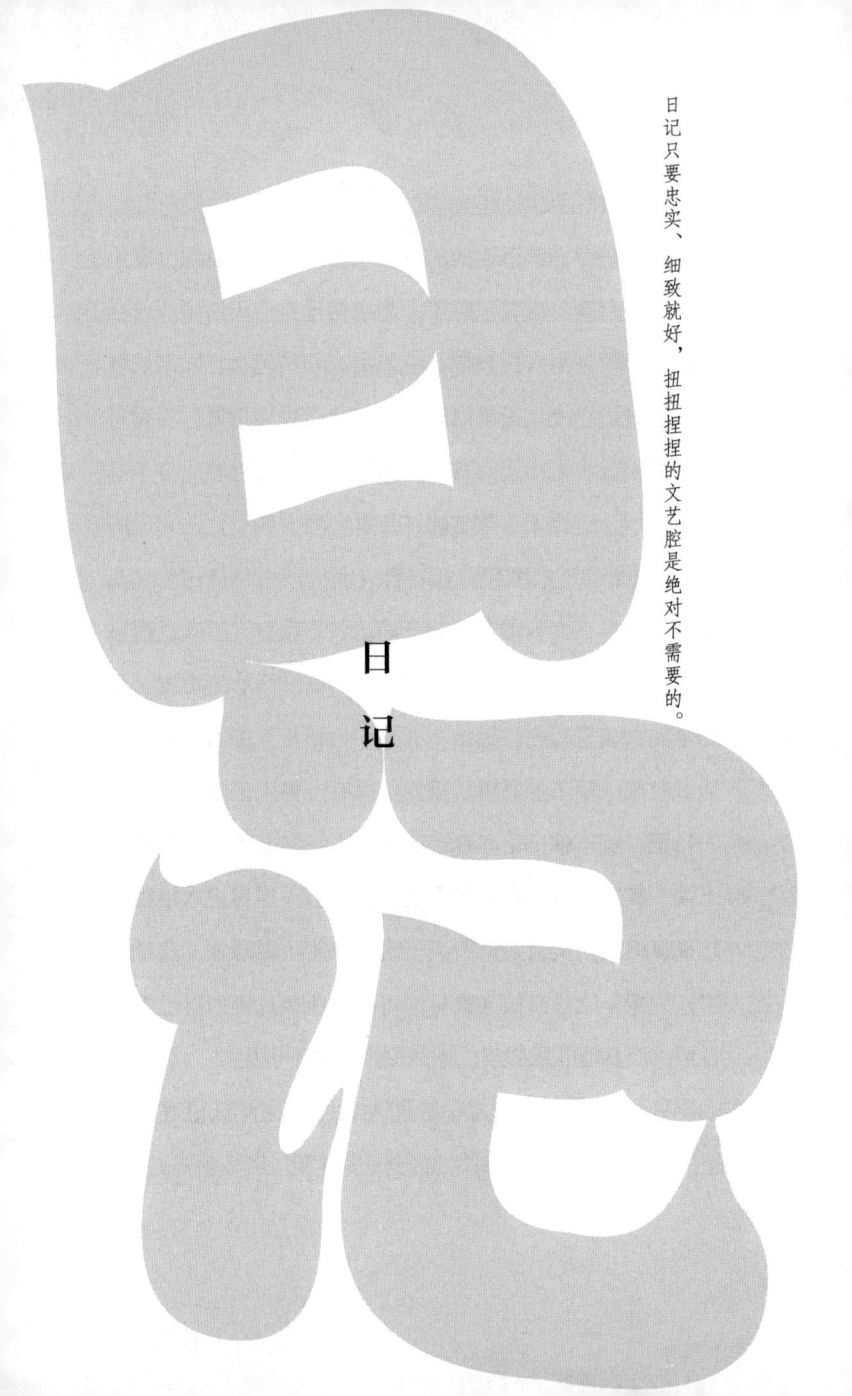

日记只要忠实、细致就好,扭扭捏捏的文艺腔是绝对不需要的。

日记

日记有两种。

一种是专为自己看的。每日三省吾身,太麻烦,晚上睡前抽空反省一次就足够了,想想自己这一天做了些什么事,不必等到清夜再来扪心。如果有一善可举,即不妨泚笔记在日记之上;如果自己有一些什么失检之处,不管是大德逾闲或小德出入,甚至是绝对不可告人之事,亦不妨坦白自承。这比天主教堂的"告解"还方便,比法律上的"自承犯罪"还更可取。就一般人而论,人对自己总喜欢隐恶扬善,不大肯揭自己的疮疤,但是也有人喜欢透露自己的一些以肉麻为有趣的丑事,非暴露一下心不得安。最安全的办法是写在日记上。有人怕日记被人偷看,把日记珍藏起来,锁在抽屉里。世界上就有一种人偏爱偷看人家的日记。有一种日记本别出心裁,上下封面可以勾连起来上锁。其实这也是自欺欺人之事,设有人连日记本带锁一起挟以俱去,又当如何?天下没有秘密可以珍藏,白纸黑字,大概早晚总有被人察觉的可能。所以凡是为自己看的日记,而真能吐露心声、袒露原形者并不多见。

另一种日记是专为写给别人看的。这种日记写得工整,态度不免矜持,偶然也记私人琐事,也写读书心得,大体上却是做时事的记录，成为社会史的一个局部的缩影。写这种日记的人须有丰富的生活、广阔的交游，才能有值得一记的资料登上日记。我认识一位海外学人，他的日记放在案头供人阅览，打开一看好多页都近于空白，只写着"午后饮咖啡一杯"，像是在写流水账，而又出纳甚吝。我又有一位同事，年纪不老小，酷嗜象棋，能不用棋盘和高手过招，如有得意之局必定在晚上"复盘"登记在十行纸簿的日记上，什么"马二进三""车一进五"的，写得整整齐齐，置在案头供人阅览。同嗜的人并不多，有兴趣看而又能看懂的人更少，只要肯表示一下惊讶赞叹之意，日记的主人便心满意足了。至于处心积虑地逐日写日记，准备藏之名山传诸后世，那就算是一种著述了。

以我所知的几部著名的中外日记，英国十七世纪的佩皮斯（Pepys）的日记为最有趣的之一。他两度为英国的海军大臣，乃政坛显要，被誉为英国海军之父，但是使他在历史上成大名的却是他的一部日记。他从一六六〇年一月一日起，到一六六九年五月三十一日止，这九年多的时间内他每日必写从无间断，写的是当时的大事如查理二世如何自法归来实行复辟、疫疠流行的惨状、伦敦的大火、对荷兰的战争等。对于戏剧及其他娱乐节目也不放过。最令人惊异的是他写他自己的行为，如何殴打他的妻子，勾引他的女仆，如何在外拈花惹草、一夜风流，如何在他妻子为他理发时发现了二十只虱子，如何教堂讲道时定着眼睛看女人，如何与人幽会一再被妻子捉到而悔过讨饶……都有生动的记述。这九年多的日记累计有三千零十二页之多，分装为六大册。内中许多事情不便公开，又有些私事怕家人偷看，他采用"古希腊罗马速记术"。死后捐赠给他的母校剑桥的图书馆，在那里庋藏了一百多年，蛛网尘封，无人过问，最后才被人发现予以翻译付梓。

与佩皮斯同时也以一部日记而闻名的是约翰·伊夫林(John Evelyn)。他也是宫廷人物，但未任高职。他的日记从一六四一年起，当时他二十一岁，直到一七〇六年死前二十四天止，可以说是他的毕生行谊的记录。他是知识分子，所记内容当然有异于佩皮斯的。

我们中国文人也有不少写日记而成绩可观的，但是大部分近似读书札记，较少叙事抒情，文学史一向不把日记作者列为值得一提的人物。例如李慈铭的《越缦堂日记》六十四册，自咸丰三年（一八五三年）至光绪十五年（一八八九年），凡三十六年，几乎逐日有记，很少间断，洋洋大观，很值得一读，但我相信肯看的人不多。

胡适先生有一部日记，从他在北大执教时起一直到他晚年，其规模之大内容之富可能是超过以往任何作者。我在上海无意中看到过他的一部分日记，用毛笔写在新月稿纸上，相当工整，其最大特色为对于时事（包括社会新闻）特为注意，经常剪贴报纸，也许是因此之故他的日记不久就衰然成帙。他的私人生活也记得很细，甚至和友人饮宴同席的人名都记载下来。他说："我这部日记是我留给我两个儿子的唯一的一部遗产。"因为他知道这部日记牵涉到的人太多，只有在他去世若干年后才好发表。隔好多年有一次我问他："先生的日记是否一直继续在写？"他说："到美国后，纸笔都没有以前那样方便，改用黑水笔和洋纸本子了，可是没有间断，不过没有从前那样详尽了。"他的日记何时才能印行，不得而知，我只盼望有朝一日可以问世，最好是完整地照相制版，不加删改，不易一字。

抗战八年，我想必有不少人亲身经历过一些可歌可泣之事。可惜的是，很少有资格的人留下一部完整的日记。《传记文学》刊载的何成濬先生的《战时日记》是很难得的一部价值甚高的作品，内容详尽而且文字也很简练。所记载的是他个人接触到的一些军政情况与人物，当然未能涵盖其他社会与文化方面的动态。假如有文人或学者在八年抗战中留有完整的日记，我相信其可读性必定很高。日记只要忠实、细致就好，扭扭捏捏的文艺腔是绝对不需要的。人称抗战时期是一个"大时代"，其实没有一个时代不大，不过比较的有些时代好像是特别热闹而已。承平时期也未尝没有可记之事。写日记不难，难在持之以恒。

喜筵

时装展览之后,新娘新郎又忙着逐桌敬酒,酒壶里也许装的是茶,没有人问,绕场一匝,虚应故事。

清梁晋竹《两般秋雨庵随笔》有这样一段：

湖南麻阳县某镇，凡红白事，戚友不送套礼，只送份金，始于一钱而极于七钱，盖一洋之数也。主人必设宴相待，一钱者止准食一菜，三钱者三菜，五钱者遍肴，七钱者加笾。故宾客虽一时满堂，少选，一菜进，则堂隅有人击小钲而高唱曰："一钱之客请退。"于是纷然而散者若干人。三菜进，则又唱曰："三钱之客请退。"于是纷然而散者又若干人。五钱以上不击，而客已寥寥矣。

我初看几乎不敢相信有此等事。"夫礼，禁乱之所由生。"所以我们礼仪之邦最重礼防。"名位不同，礼亦异数。"所以礼数亦不能人人平等。但是麻阳县某镇安排喜筵的方式，纵然秩序井然，公平交易，那一钱三钱之客奉命退席，究竟脸上无光，心中难免惭恧，就是五钱七钱之客，怕也未必觉得坦然。乡曲陋俗，不足为训。我后来遇到一位朋友，他来自江苏江阴乡下，据他说他的家乡之治喜筵亦大致如此，不过略有改良。喜筵备齐之后，司仪高声喊叫："一元的客人入席！"一批人纷纷就座，本来菜数简单，一时风卷残云，鼓腹而退。随后布置停当，二元的客人大摇大摆地应声入席。最后是三元、四元的客人入座，那就是贵宾了。这分批入座的办法，比分别退席的办法要稍体面一些。

我小时候在北平也见过不少大张喜筵的局面。喜庆丧事往来，家家都有个礼簿。投桃报李，自有往例可循。簿上未列记录者，彼此根本不需理会。礼簿上分别注明，"过堂客"与"不过堂客"，堂客即是女眷之谓。所以永远不会有出人意料的阖第光临之事发生。送礼大概不外份金与席票二种。所谓席票，即是饭庄的礼券，最少两元，最多六元、八元不等。这种礼券当然可以随时兑取筵席，不过大部分的人都是把它收藏起来，将来转送出去。有时候送来送去，饭庄或者早已歇业。有时候持票兑取筵席，业者会报以白眼。北平的餐馆业分两种，一种是饭馆，大小不一，口味各异，乃普通饮宴之处；一种是饭庄，比较大亦比较旧，一律是山东菜。例如福寿堂、庆寿堂、天福堂等等。通常是称"堂"，有宽大的院落，甚至还有戏台。办红白事的人家可以借用其地，如果自己家里宽绰，也可令饭庄外会承办酒席。那时候用的是八仙桌，二人条凳，一桌坐六个人，因为有一面是敞着的，为的是便利主人敬酒、堂倌上菜。有时人多座少，也可以临时添个条凳打横。男女分座，男的那边固然是杯盘狼藉叫嚣震天，女的那边也不示弱，另有一番热闹。席上的菜数不外是四干、四鲜、四冷荤、四盘、四碗、四大件。大量生产的酒席，按说没有细活，一定偷工减料，但是不，上等饭庄的师傅们驾轻就熟，老于此道，普普通通的烩虾仁、熘鱼片、南煎丸子、烩两鸡丝……做得有滋有味，无懈可击。四大件一上桌，扒烂肘子、黄焖鸭子之类，可以把每个人都喂得嘴角流油。堂客就席，比较斯文，虽然她们的领下照例都挂上一块精致美观的围巾，像小儿的涎布一样，好像来者不善的样子，其实都很彬彬有礼。只是每位堂客身后照例有一位健仆，三河县的老妈儿，个个见多识广，眼明手快，主人敬酒之后，客人不动声色，老妈儿立刻采取行动，四干四鲜登时就如放抢一般抓进预备好的口袋，手法利落，疾如鹰隼。那时尚无塑胶袋之类，否则连汤连水的东西一齐可以纳入怀内。这一阵骚动之后，正菜上桌，老妈儿各为其主，代为夹菜，每人面前碟子乱七八糟地堆成一个小丘，同时还有多礼的客人互相布菜。扒烂肘子、黄焖鸭子之类的大块文章，上桌亮相几秒钟就会被堂倌撤下，扬言代客拆碎，其实是换上一盘碎拼的剩菜充数，这是主人与饭庄预先约定的一招。如果运气好，一盘原装大菜可以亮相好几次。假如客人恶作剧，不容分说，对准了鸭子、肘子就是一筷子，主人也没有办法，只好暗道苦也苦也。

如今办喜事的又是一番气象，喜帖满天飞，按照职员录、同学录照抄不误，所以喜筵动辄二三十桌。我常看见客人站在收礼台前从荷包里抽出一沓钞票，一五一十地数着，往台上一丢，心安理得地进去吃喜酒了，连红封包裹的一层手续也省却了。好简便的一场交易。

前面正中有一桌，铺着一块红桌布，大家最好躲远一些。礼成之后，观众入席，事实上大批观众早已入席，有的是熟人旧识呼朋引类霸占一方，有的是各色人等杂拼硬凑。那红桌布是为新郎新娘而设，高踞首座，家长与证婚人等则末座相陪。长幼尊卑之序此时无效。新娘是不吃东西的，象征性的进食亦偶尔一见。她不久就要离座，到后台去换行头，忽而红装，遍体锦绣，忽而绿袄，浑身亮片，足折腾一气，一鼓作气，再而衰，三而竭，换上三套衣服之后来源竭矣。客人忙着吃喝，难得有人肯停下箸子瞥她一眼。那几套衣服恐怕此生此世永远不会再见天日。时装展览之后，新娘新郎又忙着逐桌敬酒，酒壶里也许装的是茶，没有人问，绕场一匝，虚应故事。可是这时节，客人有机会仔细瞻仰新人的风采，新娘的脸上敷了多厚的一层粉，眼窝涂得是否像是黑煤球，大家心里有数了。这时候，喜筵已近尾声，尽管鱼虾之类已接近败坏的程度，每桌上总有几位嗅觉不大灵敏而又有不择食的美德。只要不集体中毒，喜筵就算是十分顺利了。

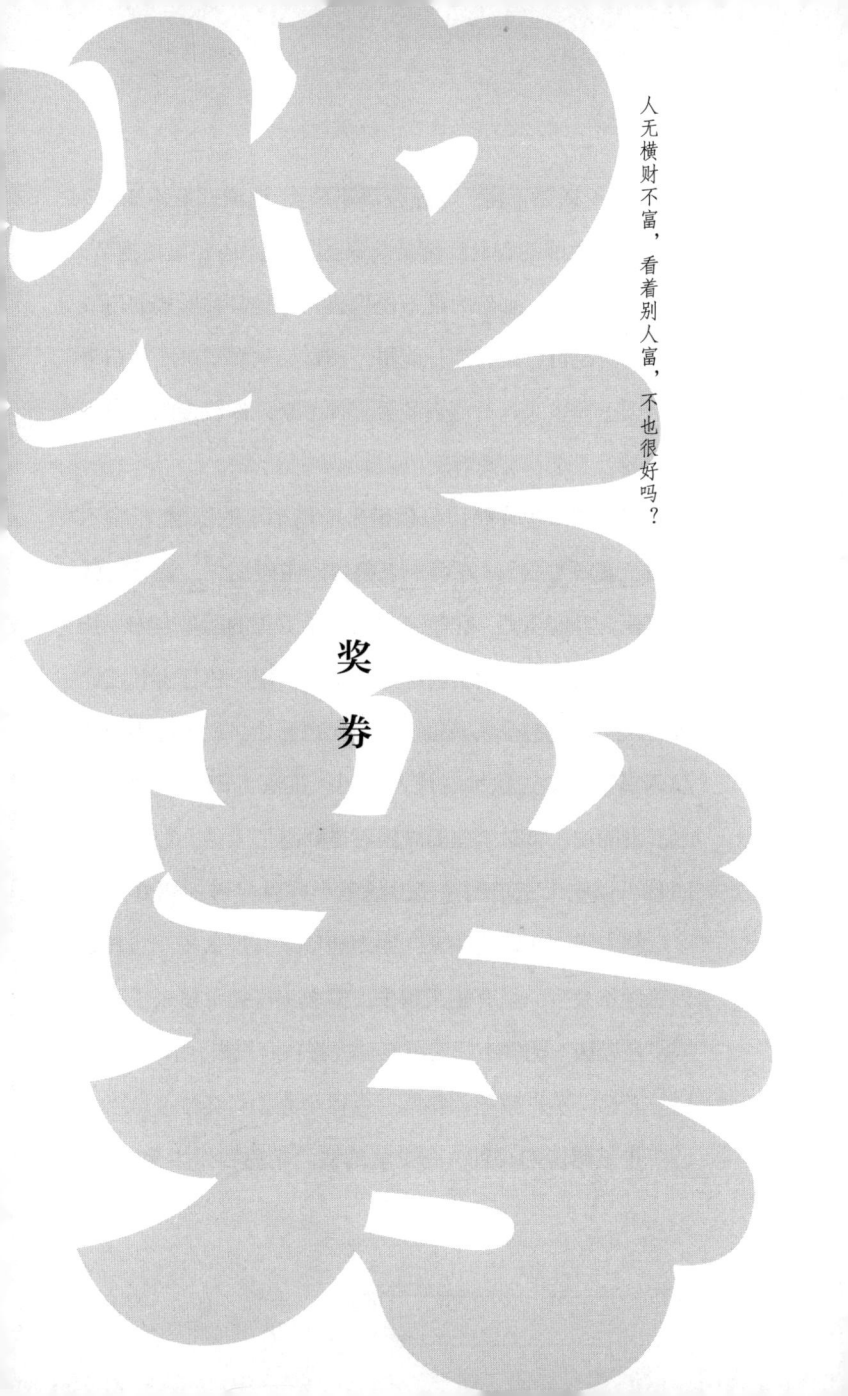

人无横财不富，看着别人富，不也很好吗？

奖券

"人无横财不富，马无夜草不肥。"这道理谁不知道？靠了一点微薄的收入，维持一家的温饱，还要设法撙节，储备不时之需，那份为难不说也罢。可是各种形式的巧取豪夺，若是自己没有那种能耐，横财又从哪里来呢？馅饼会从天上掉下来吗？若真从天上掉下来，你敢接吗？说不定会烫手，吃不了兜着走。

有人想，也许赌博可以带来一笔小小的横财。"舍不得孩子套不着狼"，筹得一点赌资，碰碰运气，说不定就有斩获。打麻将吧，包括卫生的与不卫生的两种在内，长期地磨手指头，总会有时缔造佳绩，像清一色杠上开花什么的，还可能会令人兴奋得大叫一声而亡，或一声不响地溜到桌下。不过这种奇迹不常见。推牌九吧，一翻两瞪眼，没的说，可是坐庄的时候若是翻出了"皇上"，通吃，而且可以吃十三道的注子，这笔小财就足够折腾好几天了。常言道，久赌无赢家，因为赌资只有那么多，赌来赌去总额不会多，只有越来越少，都被头家抽头拿去了。赌博不是办法，运气不好还可能被捉将官府里去。

无已，买彩票吧。彩票，今称奖券。买奖券也是撞大运，也是赌博的一种，花少量的钱，希冀获得大奖。奖，是劝勉的意思。《左传·昭公二十二年》："无亢不衷，以奖乱人。"买奖券的人不一定是乱人，但也绝不一定是善人。花几十块钱买彩票，何功何德，就会使老天爷（或财神爷）垂青于你？或者只能说那是靠坟地的风水，祖上的阴功。但是谁都愿试一试看，看坟地风水如何，祖上有无阴功。一试不成，再试，试之不已，也许有一天财气会逼人而来。若是始终不能邀天之幸，次次落空，则所失有限，也不必多所怨尤。

奖券既是赌的性质，赌是不合法的，难道不怕有人来抓赌？这又是过虑。奖券如公然发售，必然是合法的，究竟合的是什么法，民法、刑法、银行法，就不必问。奖券所得如果是为了拨作公益或充裕国帑，更不妨鼓励投机，投机又有何伤？从来没听说过什么人因买奖券而倾家荡产，也从来没听说过什么人因买了奖券就不务正业。

我没买过奖券，不是不想发财，是买了奖券之后，念兹在兹，神魂颠倒，一心以为大奖之将至，这一段悬宕焦急的时间不好过。若是臆想大奖到手之后，如何处分那笔横财，买房好还是置地好，左思右想拿不定主意，更增苦痛。其实中奖的机会并不大，猫咬尿泡的结果不能免，所以奖券还是由别人去买，这笔财由别人去发，安分守己，比较妥当。人无横财不富，看着别人富，不也很好吗？

如今时尚是处处模仿西方国家，西方国家有专靠赌博维持命脉的，也有借赌博以广招徕的所谓赌城，各地人士趋之若鹜。我们的国家尚未沦落到这个地步，我们顶多在餐馆用膳的时候，常突然闯进不速之客，有男女老少，每个都低声下气地兜售奖券。他并不强销，他和颜悦色。他不受欢迎的时候多，偶尔也有拒绝买券而又慷慨解囊的人，那就像是施舍了。

统一发票是良好制度，而且月月开奖。除了观光饭店和书店之外，很少商家不费唇舌就开发票给我。我若索取，他会应我所求，但是脸上的颜色有时就不好看。所以我不强求，但是每月也积有若干张，开奖翌日报纸上揭露出来，核对号码的时候觉得心在跳。若干年来没有得过一次奖，最起码的尾字奖也不曾轮到过我，只怪自己命小福薄。后来经高人指点，我才知道统一发票的持有人需将发票的号码剪下来贴在明信片上寄交某处，然后才有资格参加摇奖，这在发票的下端印得明明白白，然而那两行字特别小，怪我自己昏聩没有注意。可是统一发票带给我无数次的希望，无数次的失望，我并没有从此厌恶统一发票。相反地，统一发票帮过我一次大忙。我和菁清到一个饭店吃自助餐，餐毕付钱，侍者送来零头和发票。我们走到出口处就被人一把揪住了："怎么，没付账就走？"吃白食是我一辈子没想到要做的事。我没有辩白，拿出统一发票给他看。当场受窘的不是我。满脸通红的也不是我。奖券都不买，统一发票还兑什么奖？从此，发票一到手，一出商店门，我便很快地把它投到应该投的地方去。

看样子，我是与奖无缘。

职业

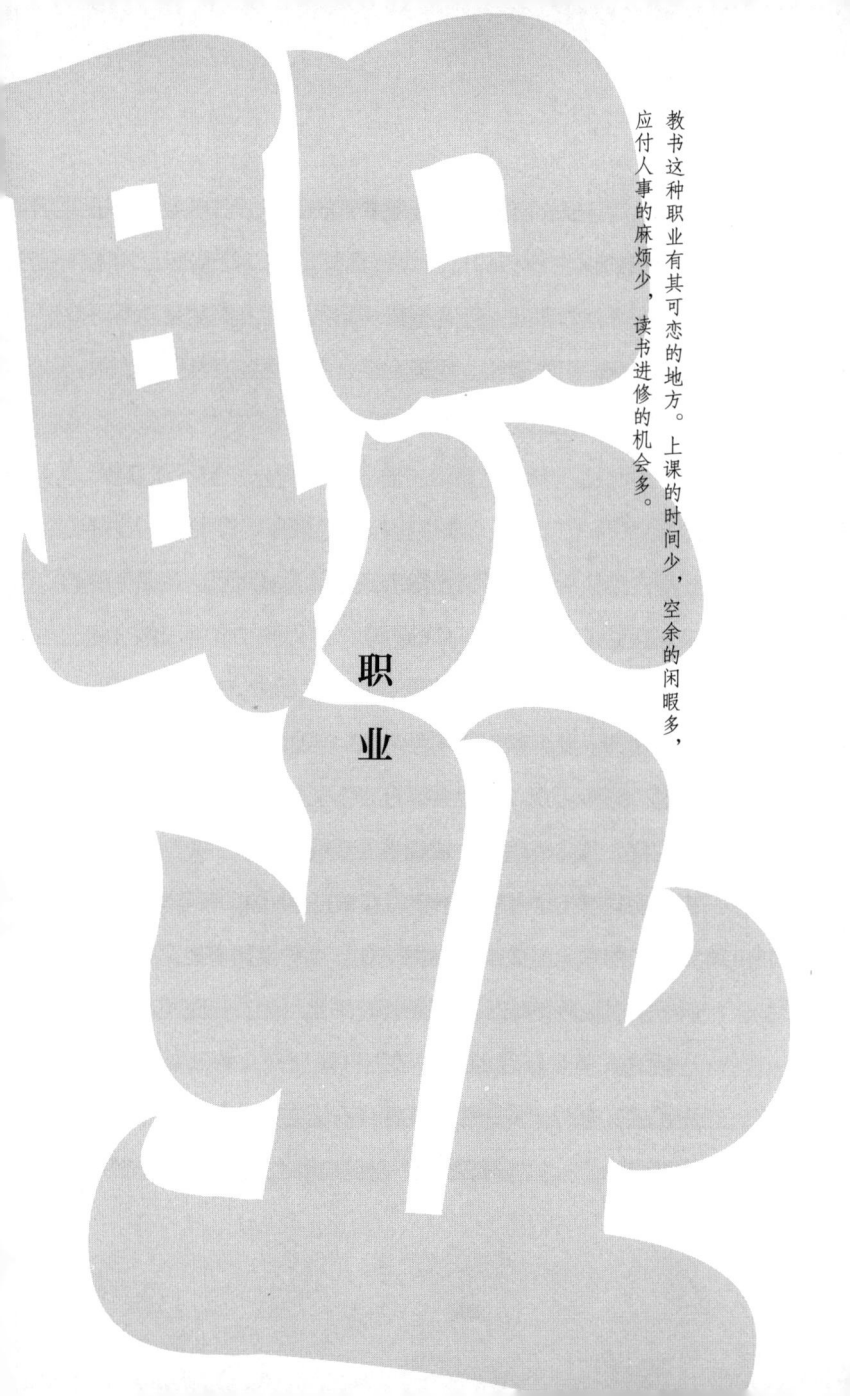

教书这种职业有其可恋的地方。上课的时间少,空余的闲暇多,应付人事的麻烦少,读书进修的机会多。

职业，原指有官职的人所掌管的业务，引申为一切正当合法的谋生糊口的行当。一百二十行，乃至三百六十行，都可视为职业。纡青拖紫，服冕乘轩，固然是乐不可量的职业；引车卖浆，贩夫走卒之辈，也各有其职业。都是啖饭，唯其饭之精粗美恶不同耳。

宋沈括《梦溪笔谈》："林君复多所乐，惟不能着棋，尝言：'吾于世间事，惟不能担粪着棋耳！'"着棋与担粪并举，盖极形容二者皆为鄙事，表示不屑之意。在如今看来，担粪是农家子不可免的劳动，阵阵的木樨香固然有的消受，但是比起某一些蝇营狗苟的宦场中人之蛇行匍匐，看上司的嘴脸，其龌龊难当之状为何如？至于弈棋，虽曰小道，亦有可观，比饱食终日言不及义要好一些，且早已成为文人雅士的消遣，或称坐隐，或谓手谈。今则有职业棋士，犹拳击之有职业拳手。着棋也是职业。

我的职业是教书，说得文雅一点是坐拥皋比，说得难听一些是吃粉笔末。其实哪儿有皋比可坐，课室里坐的是冷板凳。前几年我的一位学生自澳洲来，贻我袋鼠皮一张，旋又有绵羊皮一张，在寒冷时铺在我房里的一把小小的破转椅上，这才隐隐然似有坐拥皋比之感。粉笔末我吃得不多，只因我懒，不大写黑板。教书好歹是个职业，至于在别人眼里这是什么样的一种职业，我也管不了许多。通常一般人说教书是清高的职业，我听了就觉得惭愧。"清"应该作"清寒"解，有一阵子所谓清寒教授在逢年过节的时候可以轮流领到小小一笔钱，是奖励还是慰问，我记不得了，我也叨领过一两次，具领之际觉得有一丝寒意，清寒的寒。至于"高"，更不知从何说起了，除非是指那座高高的讲台。

有些心直口快的人对于教书的职业做较彻底的评估。记得我在抗战胜利后返回家乡，遇到一位拐弯抹角的亲戚，初次谋面不免寒暄几句，他问我"在什么地方得意"，我据实以告，在某某学校教书，他登时脸色一变，随口吐出一句真言："啊，吃不饱，饿不死。"这似是实情，但也是夸张。以我所知，一般教授固然不能像东方朔所说"侏儒饱欲死"，也不见得都像杜工部所形容的"甲第纷纷厌粱肉，广文先生饭不足"，饭还是吃饱了的，没听说有谁饿死，顶多是脸上略有菜色而已。然而我听了这样率直的形容，好像是在人面前顿时矮了一截。在这"吃不饱饿不死"状态之下，居然延年益寿，拖了几十年，直到"强迫退休"之后又若干年的今天。说不定这正是拜食无求饱之赐。

有一回应邀参加一次宴会,举座几乎尽是权门显要,已经有"衣敝缊袍与衣狐貉者立"的感觉,万没想到其中有一位却是学优而仕平步青云的旧相识,他好像是忘了他和我一样在同一学校曾经执教,几杯黄汤下肚之后,他再也按捺不住,歪头苦笑睇我而言曰:"你不过是一个教书匠,胡为侧身我辈间?"此言一出,一座尽惊。主人过意不去,对我微语:"此公酒后,出言无状。"其实酒后吐真言,"教书匠"一语夙所习闻,只是尊俎间很少以此直呼。按教书而能成匠,亦非易事。必须对其所学了如指掌,然后才能运用匠心教人以规矩,否则直是庆家,焉能问世?我不认为教书匠是轻蔑语。

如今在学校教书,和从前不同,像马融"坐高堂,施绛纱帐,前授生徒,后列女乐"那样的排场,固然不敢想象,就是晚近三家村的塾师动不动拿起烟袋锅子敲脑壳的威风亦不复见。我小时候给老师送束脩,用大红封套,双手奉上,还要深深一揖。如今老师领薪,要自己到出纳室去,像工厂发工资一样。教师是佣工的性质。听说有些教师批改作文卷子不胜其烦，把批改的工作发包出去，大包发小包，居然有行有市。

尊师重道是一个理想，大概每年都有人口头上说一次。大学教授之"资深优良"者有奖，照章需要自行填表申请。我自审不合格，故不欲填表，但是有一年学校主事者认为此事与学校颜面有关，未征得同意就代为申请了，列为是三十年资深优良教师之一。经层峰核可，颁发奖金匾额。我心里悬想，匾额之颁发或有相当仪式，也许像病家给医师挂匾，一路上吹吹打打，甚至放几声鞭炮，门口围上一些看热闹的人。我想错了。一切从简。门铃响处，一位工友满头大汗，手提一个相当大的镜框（比理发店墙上挂的大得多），问明主人姓氏，像是已经验明正身，把手中的镜框丢在地上，扬长而去。镜框里是四个大字（记不得是什么字了），有上款下款，朱印烂然。我叹息一声，把它放在我认为应该放置的地方。

教书这种职业有其可恋的地方。上课的时间少，空余的闲暇多，应付人事的麻烦少，读书进修的机会多。俗语说："讨饭三年，给知县都不做。"实在是懒散惯了，受不得拘束。教书也是如此，所以我滥竽上庠，一蹭就是几十年，直到有一天听说法令公布，六十五岁强迫退休。退休是好事，求之不得，何必强迫？我立刻办理手续，当时真有朋友涕泣以告："此事万万使不得，赶快申请延期，因为一旦退休，生活顿失常态，无法消遣，不知所措。可能闷出病来，加速你的老化。"我没听。今已退休二十年，仍觉时间不够用，一天只有二十四小时。

退休给我带来一点小小的困扰。有一年要换新的身份证。我在申请表格职业栏里除原有的"某校教授"字样下面加添一个括弧，内书"退休"二字。办事的老爷大概是认为不妥。新身份证发下，职业一栏干脆是一个"无"字。又过几年，再换身份证，办事的老爷也许也发觉不妥，在"无"字下又添了一个括弧，内书"退休"。其实职业一栏填个"无"字并不算错。本来以教书为业，既已退休，而且是当真退休，不是从甲校退休改在乙校授课，当然也就等于无业，也可说是长期失业。只是"无业"二字，易与"游民"二字连在一起，似觉脸上无光。可是回心一想，也就释然。《大戴礼记·曾子立事第四十九》："其少不讽诵，其壮不论议，其老不教诲，亦可谓无业之人矣。"我是道道地地的一个"无业之人"。

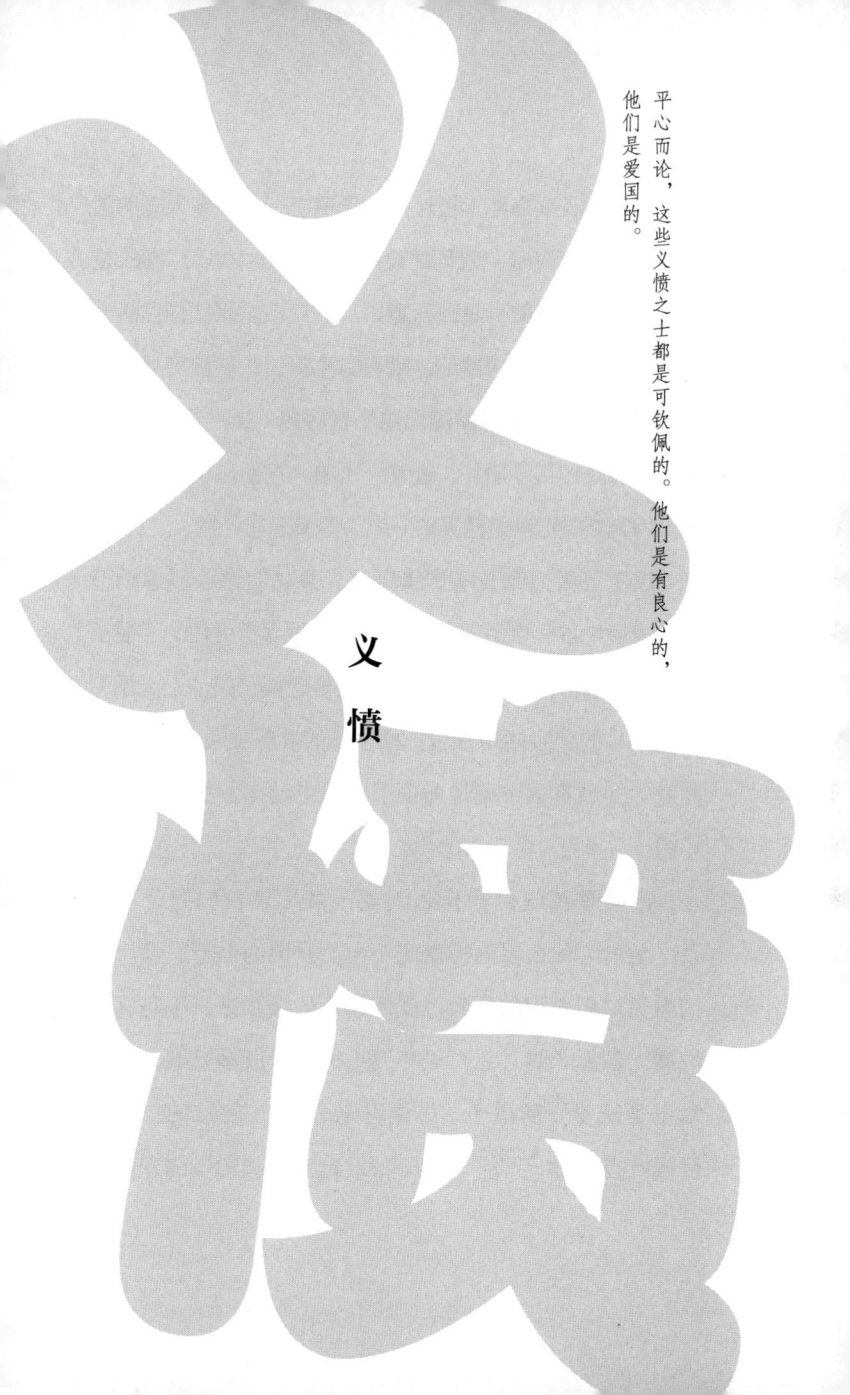

平心而论，这些义愤之士都是可钦佩的。他们是有良心的，他们是爱国的。

义愤

有一天我从马路上经过,看见壁上有一幅硕大无朋的宣传画,上面写着"我们要驱逐倭寇收回失地",画的是一个倭兵,矮矮的身量,两腿如弓,身上全副披挂,脸上满是横肉,眼里冒着凶焰,嘴里露着獠齿,做狞笑状。他脚底下是一堆一堆的骷髅,他身背后是一摊一摊的瓦砾。他代表的是凶残、破坏、横暴、黑暗。这幅画的确画得不坏,因为它能活画出倭兵的一副穷凶极恶的气概。

过了几天,我又从这里经过,我又回过头望这幅壁画,情形稍微有点两样了:这画里的倭兵身上沾满了橘子瓣,脸上也都沾满了橘子瓣。这些橘子瓣一经沾上,是不易落下来的。我略略查看,橘子瓣的块数在百八十以上,而且大多数都很准确地命中了,想见投掷的技术是很不坏的。

投橘子瓣的是些什么人呢?当然是我们的爱国民众。他们为什么要这样做呢?当然是因为激于义愤。他们看见这幅画里的倭兵,就想起真的倭兵来,于是义愤填膺,顿起杀贼之念,可巧四川的橘子既多且贱,可巧嘴里正嚼着一瓣橘子,于是忍无可忍,"呸"的一声将橘瓣吐在手里,"嗖"的一声掷将过去,"啪"的一声不偏不倚地命中了倭兵的身体。一个人这样做，许多人起来仿行。顷刻间倭兵遍体疮痍，而我所费者仅为本来要吐在地上的百八十块橘瓣而已。

平心而论，这些义愤之士都是可钦佩的。他们是有良心的，他们是爱国的。从前我游西湖，看见岳坟前有不少人围着秦桧的铁像小便，大家争先恐后地向他身上浇冲，有些挤不进的便在很远的地方吐送一口黏痰过去。这件事虽于公共卫生有碍，然而也是一种义愤的表示。这都证明人心未死。

不过，我常想，假如我们把这种义愤积蓄起来，假如我们不亟亟地把橘瓣作为宣泄义愤的工具，假如我们能用一个更有效的方法使敌人感受一些真实的打击，那不是更好吗？

听说普法战争后，法国的油画院中陈列着普兵屠害法人的画片，令法人有所警惕。这并非"长他人的威风，灭自己的志气"，这是要锻炼、磨砺人民的复仇心。听说那些画片上并没有橘子瓣或黏痰之类。

我们要驱逐倭寇，收回失地。那幅壁画是提醒我们这种意志的。戏台上的曹操，我们杀他做啥子？

戒 烟

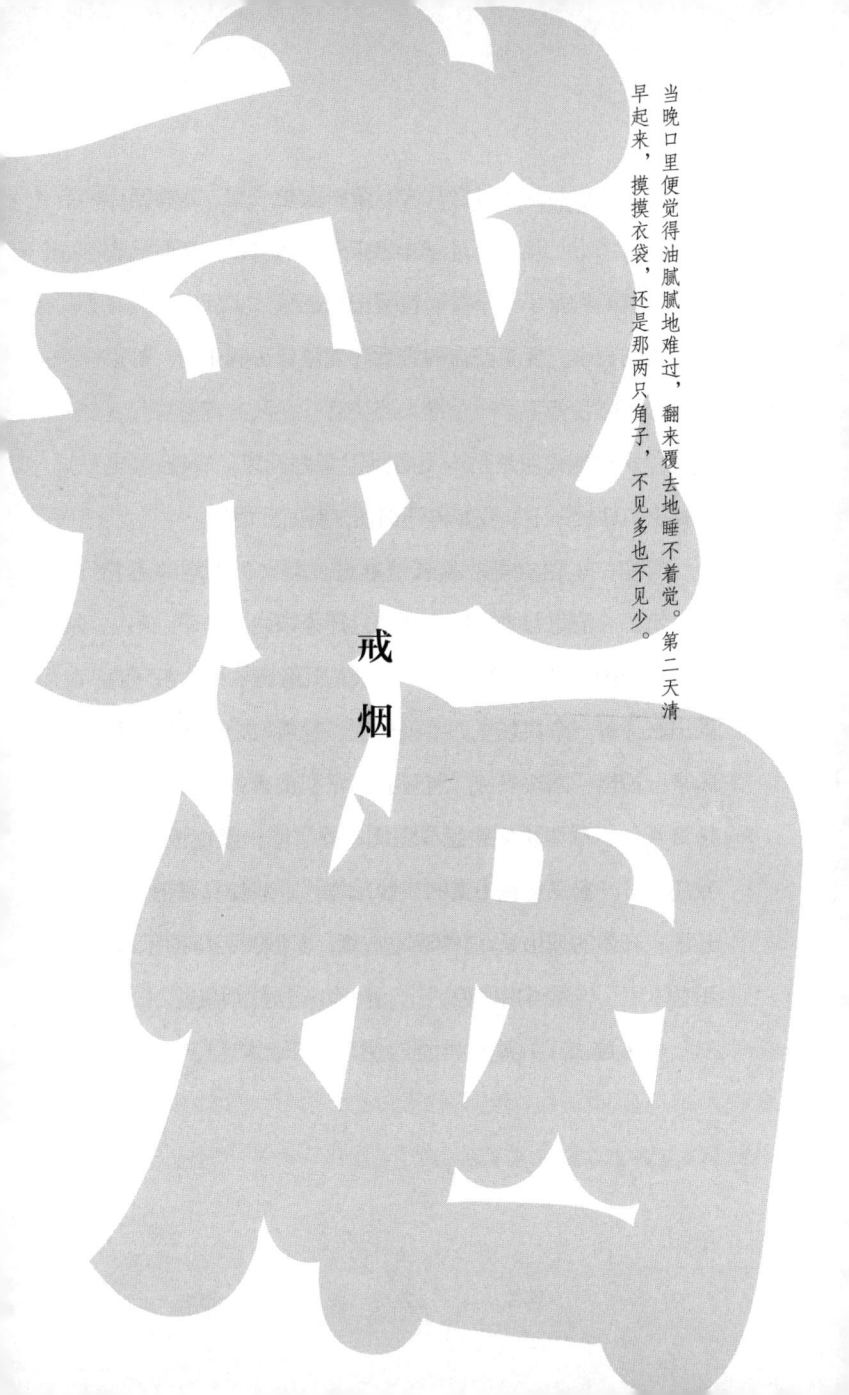

当晚口里便觉得油腻腻地难过,翻来覆去地睡不着觉。第二天清早起来,摸摸衣袋,还是那两只角子,不见多也不见少。

戒烟的念头，起过好几次。第一次想戒烟，是在西历一千九百二十三年十一月三十日下午五点多钟，那时候衣袋里只剩两只角子，一块面包要一角三分，实际上我只有七分钱的盈余。要买整盒的香烟，无论什么牌子的，都很为难。当时我便下了一个绝大的决心，在我的寝室里行宣誓礼，拿出烟盒里最后一支香烟，折为两段，誓曰："电灯在上，地板在下，我如再开烟禁，有如此烟！"

当晚口里便觉得油腻腻地难过，翻来覆去地睡不着觉。第二天清早起来，摸摸衣袋，还是那两只角子，不见多也不见少。我便打开衣橱，把我的几套破衣裳烂裤子捣翻出来，每一个口袋里伸手摸一次，探囊取物，居然凑集起来，摸出了两块多钱。可见我平常积蓄有素，此刻便可措置裕如。这两块多钱怎样用呢？除了吃一顿饱饭以外，我还买了一盒三角钱十支的"沙乐美[1]"。我便算是把烟禁开了。开禁的理由是："昨晚之戒烟，是因受经济的压迫，不是本愿，当然可以原谅。"于是乎第一次戒烟失败。

一年过去了。屋角堆着的空烟盒子，堆到了三四尺

---

[1] "沙乐美"是一种麝香熏过的香烟名。

高。一天清早，忽然发愿清理，统计之下，这一堆烟盒代表我已吸的烟有一百三四十元之谱。未免心里有点感慨，想起往常用钱，真好像是一块钱一块钱地挂在肋骨上似的，轻易不肯忍痛摘用。如今吸烟就费如许金钱，真对不起将来的子孙。于是又下决心，实行戒烟，每月积下十元，作为储蓄。这戒烟的时期延长到半个多月。有一天，坐火车，车里面除了几位女太太、几个小孩子、一只小巴儿狗以外，几乎个个人抽烟，由雪茄以至关东，烟气冲天。这时候，我若不吸烟，可有什么旁的办法？凡事有经有权，我于是乎从权，开禁吸烟。我又于是乎一吸而不可复禁，饭后若不吸烟，喉咙里就好像有一只小手乱抓似的。没法子，第二次戒烟又失败了。

男大当娶，女大当嫁，我侥幸已经到了"大"的时期，而并且也居然娶了。闺房之内，约法二章，一不吸烟二不饮酒。闺令森严，无从反抗。于是我又决计戒烟。但是怎样对朋友说呢？这是一个问题。

"老王[1]，你还吸烟否？"

---

[1] 此或为作者笔误，或为作者借用他人的经历，为保持原文完整性，故不做修改。

我说:"戒烟了。"

"为什么又戒了?"

我说:"这两天喉咙痛。"

过几天我到朋友家去,桌上香烟火柴都是现成的,我便顺手吸一支。久之,朋友都看出我在外面吸烟,在家就戒烟,议论纷纷。纸里包不住火,我索性宣布了。我当众声明,我现在已然娶了太太,因为要维持应享的娶后的利益起见,决计戒烟,但是为保持我娶前的既得权起见,决计不立刻完全戒烟。枕上会议,议决:实行戒烟,但分两个步骤,第一步是从不买烟入手,第二步才是不吸烟。我如今已经娶了三年,还在第一期戒烟状态之中。若有人把烟送上门来,我当然却之不恭,受之却也无愧。若叫我自己出钱买烟,则戒烟条例具在,碍难实行。所以现在我家里,为款待来宾起见,谨备火柴,纸烟则由来宾自备了。我这一次戒烟,第一步总算成功了。但是吸烟的朋友们,鉴于我目前的成功和往昔的失败,都希望我快开烟禁!

吃相

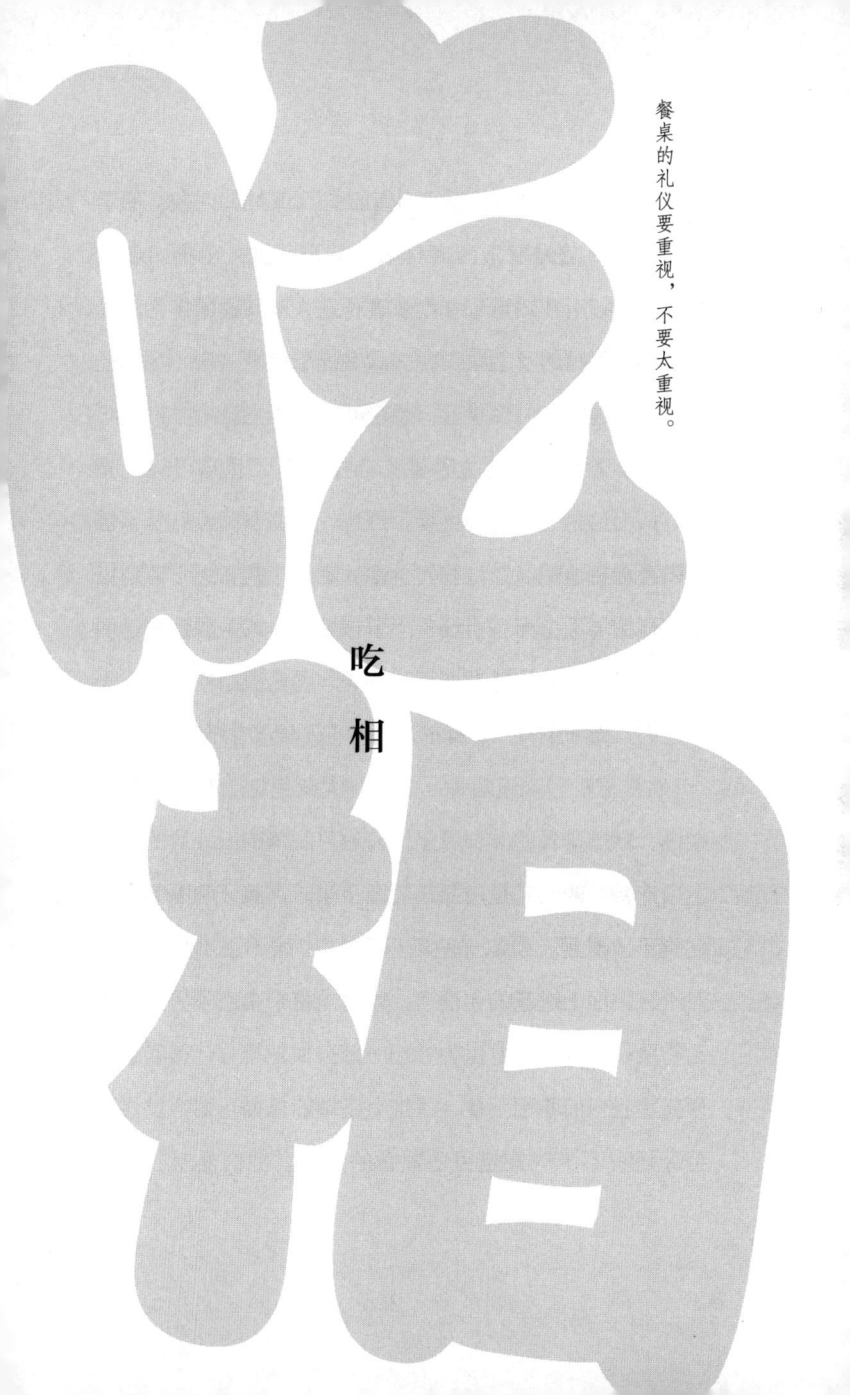

餐桌的礼仪要重视,不要太重视。

一位外国朋友告诉我，他旅游西南某地的时候，偶于餐馆进食，忽闻壁板砰砰作响，其声清脆，密集如连珠炮，向人打听才知道是邻座食客正在大啖其糖醋排骨。这一道菜是餐馆的拿手菜，顾客欣赏这个美味之余，顺嘴把骨头往旁边喷吐，你也吐，我也吐，所以把壁板打得叮叮当当响。不但顾客为之快意，店主人听了也觉得脸上光彩，认为这是大家为他捧场。这位外国朋友问我这是不是国内各地普遍的风俗，我告诉他我走过十几省还不曾遇见过这样的场面，而且当场若无壁板设备，或是顾客嘴部筋肉不够发达，此种盛况即不易发生。可是我心中暗想，天下之大，无奇不有，这样的事恐怕亦不无发生的可能。

《礼记》有"毋啮骨"之诫，大概包括啃骨头的举动在内。糖醋排骨的肉与骨是比较容易脱离的，大块的骨头上所连带着的肉若是用牙齿咬断下来，那龇牙咧嘴的样子便觉不大雅观。所以"割不正不食""席不正不坐"都是对于在桌面上进膳的人而言，啮骨应该是桌底下另外一种动物所做的事。不要以为我们一部分人把排骨吐得噼啪响便断定我们的吃相不佳，各地有各地的风俗习惯。世界上至今还有不少地方是用手抓食的，听说他们是用右手取食，左手则专供做另一种肮脏的事，不可混用，可见也还注重清洁。我不知道像咖喱鸡饭一类黏糊糊的东西如何用手指往嘴里送。用手取食，原是古已有之的老法。罗马皇帝尼禄大宴群臣，他从一只硕大无比的烤鹅身上扯下一条大腿，手举着鼓槌，歪着脖子啃而食之，那副贪得无厌的饕餮相我们可于想象中得之。罗马的光荣不过尔尔，等而下之不必论了。欧洲中古时代，餐桌上的刀叉是奢侈品，从十一到十五世纪不曾被普遍使用，有些人自备刀叉随身携带，这种作风一直延至十八世纪还偶尔可见，据说在酷嗜通心粉的国度里，市廛道旁随处都有贩卖通心粉（与不通心粉）的摊子，食客都是伸出右手像五股钢叉一般把粉条一卷就送到口里，干净利落。

不要耻笑西方风俗鄙陋，我们泱泱大国自古以来也是双手万能。《礼记》："共饭不泽手。"吕氏注曰："不泽手者，古之饭者以手，与人共饭，摩手而有汗泽，人将恶之而难言。"饭前把手洗洗揩揩也就是了。樊哙把一块生猪肘子放在铁盾上拔剑而啖之，那是鸿门宴上的精彩节目，可是那个吃相也就很可观了。我们不愿意在餐桌上挥刀舞叉，我们的吃饭工具主要是筷子，筷子即箸，古称饭敧。

细细的两根竹筷，搦在手上，运动自如，能戳、能夹、能撮、能扒，神乎其技。不过我们至今也还有用手进食的地方，像从兰州到新疆，"抓饭""抓肉"都是很驰名的。我们即使运用筷子，也不能不有相当的约束，若是频频夹取如金鸡乱点头，或挑肥拣瘦地在盘碗里翻翻弄弄如拨草寻蛇，就不雅观。

餐桌礼仪，中西都有一套。外国的餐前祈祷，兰姆的描写可谓淋漓尽致。家长在那里低头闭眼口中念念有词，孩子们很少不在那里做鬼脸的。我们幸而极少宗教观念，小时候不敢在碗里留下饭粒，是怕长大了娶麻子媳妇；不敢把饭粒落在地上，是怕天打雷劈。喝汤而不准吮吸出声是外国规矩，我想这规矩不算太苛，因为外国的汤盆很浅，好像都是狐狸请鹭鸶吃饭时所使用的器皿，一盆汤端到桌上不可能是烫嘴热的，慢一点灌进嘴里去就可以不至于出声。若是喝一口我们的所谓"天下第一菜"口蘑锅巴汤而不出一点声音，岂不强人所难？从前我在北方家居，邻户是一个治安机关，隔着一堵墙，墙那边常有几十口子在院子里进膳，我可以清晰地听到"呼噜，呼噜，呼——噜"的声响，然后是"咔嚓"一声。他们是在吃炸酱面，于猛吸面条之后咬一口生蒜瓣。

餐桌的礼仪要重视,不要太重视。外国人吃饭不但要席正,而且挺直腰板,把食物送到嘴边。我们"食不厌精,脍不厌细",要维持那种姿势便不容易。我见过一位女士,她的嘴并不比一般人小多少,但是她喝汤的时候真能把上下唇撮成一颗樱桃那样大,然后以匙尖触到口边徐徐吮饮之。这和把整个调羹送到嘴里面去的人比较起来,又近于矫枉过正了。人生贵适意,在环境许可的时候不妨稍为放肆一点的。吃饭而能充分享受,没有什么太多礼法的约束,细嚼烂咽,或风卷残云,均无不可,吃的时候怡然自得,吃完之后抹抹嘴鼓腹而游,像这样的乐事并不常见。我看见过两次真正痛快淋漓的吃,印象至今犹新。一次在北京的"灶温",那是一爿道地的北京小吃馆。棉帘启处,进来了一位赶车的,即是赶轿车的车夫,辫子盘在额上,衣襟掀起塞在褡布底下,大摇大摆,手里托着菜叶裹着的生猪肉一块,提着一根马兰系着的一撮韭黄,把食物往柜台上一拍:"掌柜的,烙一斤饼!再来一碗炖肉!"等一下,肉丝炒韭黄端上来了,两张家常饼一碗炖肉也端上来了。他把菜肴分为两份,一份倒在一张饼上,把饼一卷，比拳头要粗，两手扶着矗立在盘子上，张开血盆巨口，左一口，右一口，中间一口！不大的工夫，一张饼下肚，又一张也不见了，直吃得他青筋暴露满脸大汗，挺起腰身连打两个大饱嗝。又一次，我在青岛寓所的后山坡上看见一群石匠在凿山造房，响午歇工，有人送饭，打开笼屉热气腾腾，里面是半尺来长的发面蒸饺，工人蜂拥而上，每人拍拍手掌便抓起饺子来咬，饺子里面露出绿韭菜馅。又有人挑来一桶开水，上面漂着一个瓢，一个个红光满面围着桶舀水吃。这时候又有挑着大葱的小贩赶来兜售那像甘蔗一般粗细的大葱，登时又人手一截，像是饭后进水果一般。上面这两个景象，我久久不能忘，他们都是自食其力的人，心里坦荡荡的，饥来吃饭，取其充腹，管什么吃相！

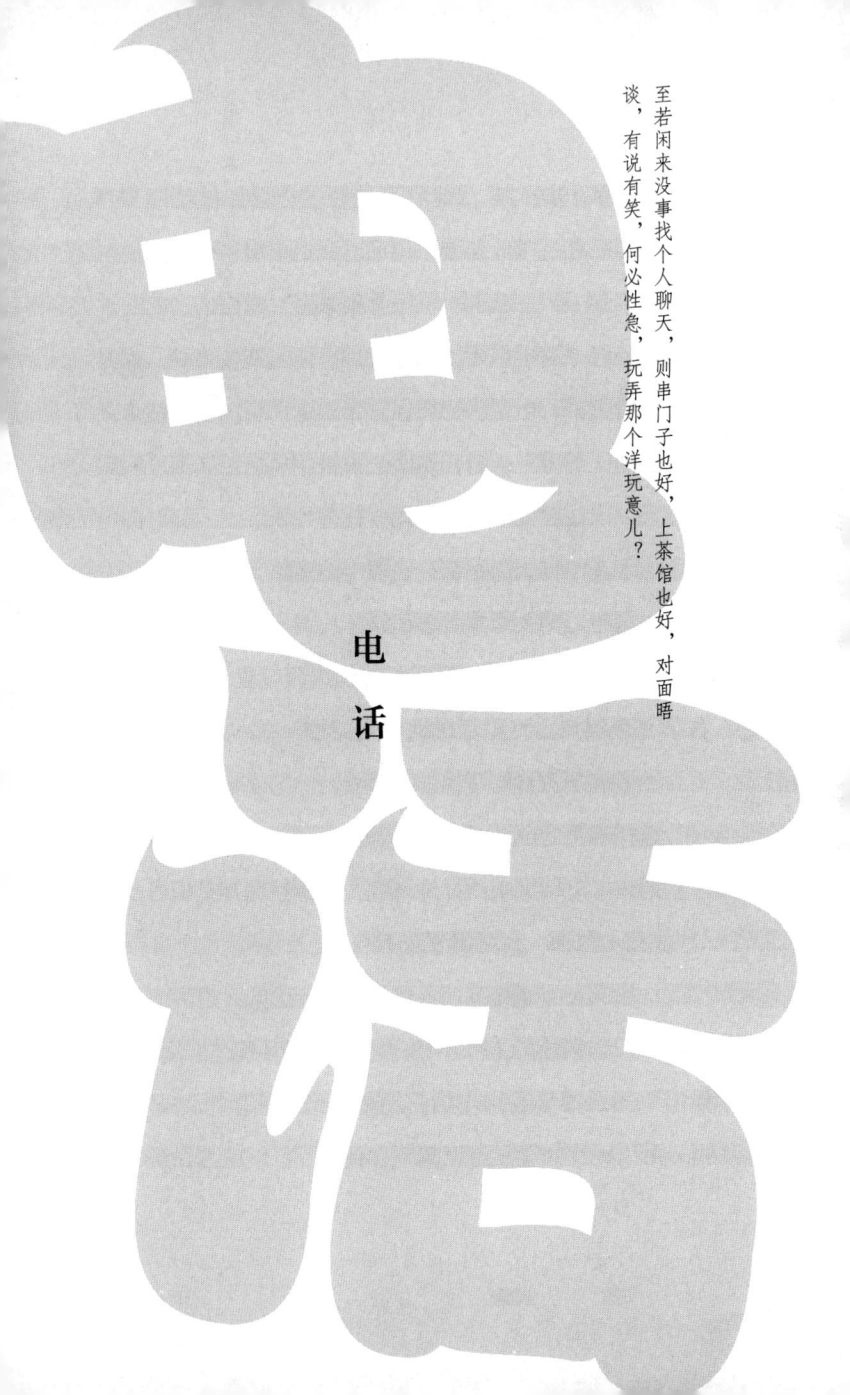

至若闲来没事找个人聊天，则串门子也好，上茶馆也好，对面晤谈，有说有笑，何必性急，玩弄那个洋玩意儿？

电话

清末民初的时候，北平开始有了电话，但是还不普遍。我家里在民国元年装了电话，我还记得号码是东局六八六号。那一天，我们小孩子都很兴奋，看电话局的工人们蹿房越脊牵着电线走，如履平地，像是特技表演。那时候，一般人都称电话为德律风，当然是译音。但是清末某一位上海人的笔记，自作聪明，说德律风乃西洋某发明家之姓氏，因纪念他的发明，遂以他的姓氏名之。那时的电话不似现在的样式，是钉挂在墙上的庞然大物，顶端两个大铃像是瞪着的大眼睛，下面是一块斜木板，预备放纸笔什么的样子，再下面便像是隆起的大腹，里边是机器了。右手有个摇尺，打电话的时候要咕噜咕噜地猛摇一二十下，然后摘下左方的耳机，嘴对着当中的小喇叭说话、叫号。这样笨重的电话机，现在恐怕只有博物馆里才得一见了。外边打电话进来，铃声一响，举家惊慌奔走相告，有的人还不敢去接听，不知怕的是什么。

从前的人脑筋简单，觉得和老远老远的人说话一定要提高嗓门，生怕对方听不到，于是彼此对吼，力竭声嘶。他们不知道充分利用电话，没有想到电话里可以喁喁情语，可以娓娓闲聊，可以聊个把钟头，可以霸占线路旁若无人。我最近看见过一位用功的学生，一面伏案执笔，一面歪着脑袋把电话耳机夹在肩头上，口里不时念念有词，原来是在和他的一位同学长期交谈，借收切磋之效。老一辈的人，常以为电话多少是属于奇淫技巧一类，并不过分欣赏，顶多打个电话到长发号叫几斤黄酒，或是打个电话到宝华春叫一只烧鸭子的时候，不能不承认那份方便。至若闲来没事找个人聊天，则串门子也好，上茶馆也好，对面晤谈，有说有笑，何必性急，玩弄那个洋玩意儿？

后来电话渐渐普遍，许多人家由"天棚鱼缸石榴树"一变而为"电灯电话自来水"的局面。虽说最近有一处擦皮鞋的摊子都有了电话，究竟这还是一项值得一提的设备，房屋招租广告就常常标明带有电话。广告下不必说明"门窗户壁俱全"，因为那是题中应有之义，而电话则不然了。

尽管电话还不够普遍，但是在使用上已有泛滥成灾之势。我有一位朋友颇有科学头脑，他在临睡之前在电话上做了手脚，外面打电话进来而铃不响，他可以安然地高枕而眠。我总觉得这有一点自私，自己随时打出去，而不许别人随时打进来。可是如果你好梦正酣，突被电话惊醒，大有可能对方拨错了号码，这时候你能不气得七窍生烟吗？如果你在各种最不便起身接电话的时候，而电话铃响个不停，你是否会觉得十分扫兴、狼狈、愤怒？有人给电话机装个插头，用时插上，不用时拔下，日夜安宁，永绝后患。我问他："这样做，不怕误事吗？"他说："误什么事？误谁的事？电话响，有如'夜猫子进宅'，大概没有好事。"他的话不是无理，可是我狠不下心这样做。如果人人都这样壁垒森严，电话就根本失效，你打电话去怕也没有人接。

电话号码拨错，小事一端，贤者不免，本无须懊恼，可恼的是对方时常是粗声粗气，一觉得话不对头，便呱嗒一声挂断，好像是一位病危的人突然断气，连一声"对不起"都没来得及说，这时节要我这方面轻轻把耳机放好我也感觉为难。

电话机有一定装置的地方，或墙上，或桌上，或床头。当然也有在厨房或洗手间装有分机的。无论如何，人总有距离电话十尺、二十尺开外的时候，铃响之后，即使几个箭步蹿过去接，也需要几秒钟的时候。对方往往就不耐烦了，你刚拿起耳机，他已愤而断绝往来。有几个人能像一些机关大佬雇得起专管电话的女秘书？对方往往还理直气壮地责问下来："为什么电话没有人接？"我需要诌出理由为自己的有亏职守勉强开脱。

电话打通，谁先报出姓名身份，没有关系，先道出姓名的一方不见得吃亏，偏偏有人喜欢捉迷藏。"喂，你是哪里？""你要哪里？""我要××××××××号。""我这里就是。""×××在不在家？""你是哪一位？""我姓w。""大名呢？""我是×××。""好，你等一下。"这样枉费唇舌还算是干净利落的，很可能话不投机，一时肝火旺，演变成小规模的口角。还有比这个更烦人的："喂，你猜我是谁？猜猜看！怎么连我的声音都听不出来？"对于这样童心未泯的戴着面具的人，只好忍耐，自承愚蠢。

电话不设防，谁都可以打进来。我有时不揣冒昧，竟敢盘诘对方的姓名身份，而得到的答话是："我是你的读者。"好像读者有权随时打电话给作者，好像作者应该有"售后服务"的精神。我追问他有何见教，回答往往是：某一个英文字应该怎样讲，怎样读，怎样用；某一句话应该怎样译；再不就是问英文怎样可以学好。这总是好学之士,我不敢怠慢,请他写封信来,我当书面答复。此后多半是音信杳然,大概他认为这是小事,不值得一操翰墨吧。

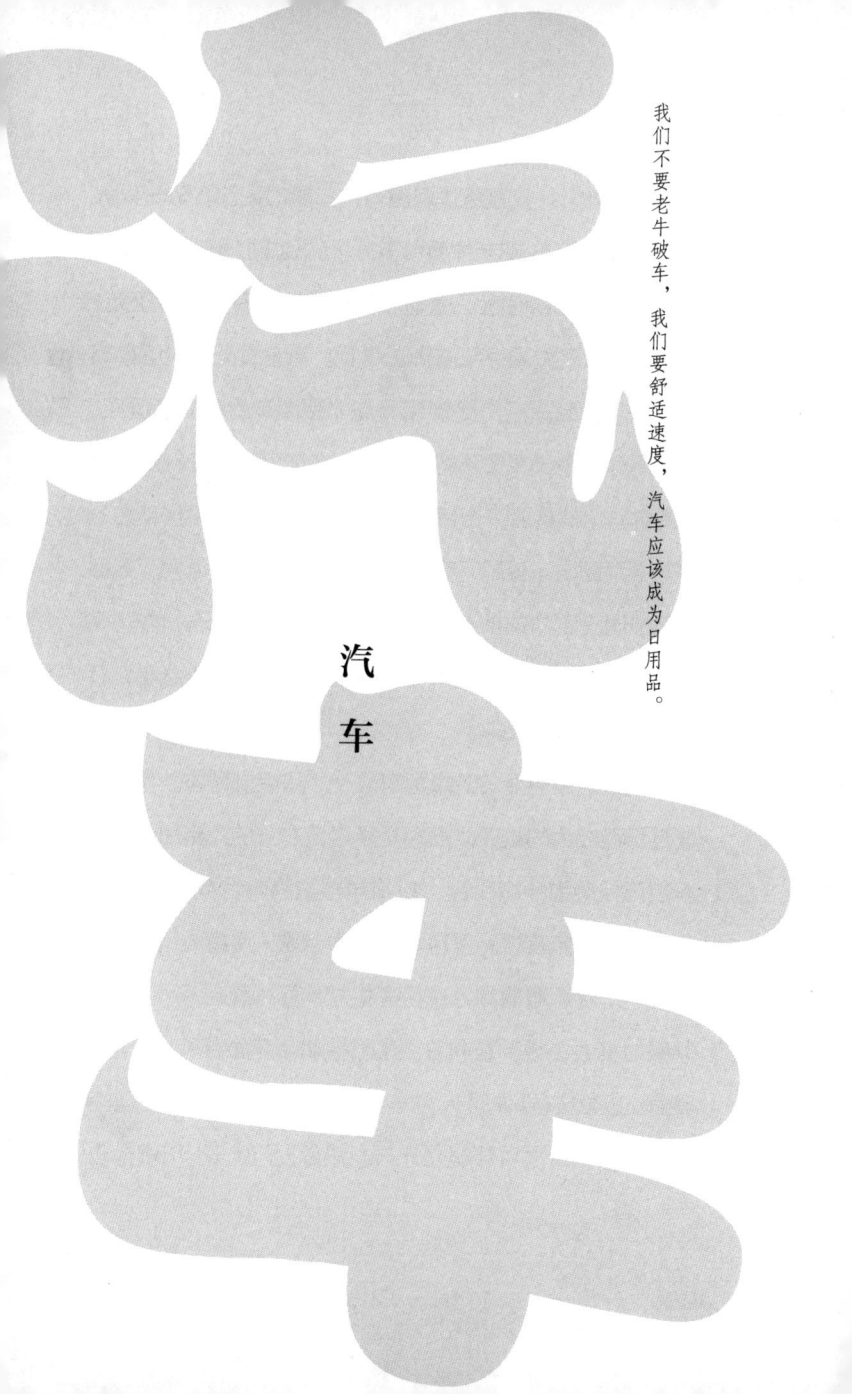

我们不要老牛破车,我们要舒适速度,汽车应该成为日用品。

汽车

在大雨中，我在路边踉跄而行。路的泥泞，像一只大墨盒，坑洼处形成一片断续的小沼。忽闻汽车声迎面而来，路上行人顿时起了骚动，纷纷逃避，有的落荒而走，有的蹲在伞后做隐身于防御工事状。汽车过处，只听得訇然一声，泥浆四溅，腿脚慢一点的行人有的变成满脸花，有的浑身洒金，哭笑不得。这时候汽车里面坐着的士女懵然罔觉，怡然自若，士曰"雨景如绘"，女曰"凉意袭人"，风驰电掣而去，只留下受难的行人在那里怔愕诅咒。我回想起法国大革命的前夕，巴黎贵族们的高轩驷马，在街上也是横行直撞，也是把水坑里的泥浆泼溅在行人身上，行人脸上也冒着怒火。

汽车是最明显的阶级标识之一。如果去拜访一位贵友或是场面较大的机关，而你是坐着汽车去的，到门无须下车敲门投刺那一套手续，只消汽车夫呜呜地揿两声喇叭，便像是《天方夜谭》里盗窟的魔术一般，两扇大门訇然而开，一个穿制服的阍人在门旁拱立，春风满面，一头不穿制服的獒犬在另一边立着，尾巴摇动，满面春风，汽车长驱直入。但如果你是人力车的乘客，甚而是安步当车者流，于按门铃之后要鹄立许久，然后大门上开一小洞，里面露出两只眼睛，向你上下扫射，用喝口令的腔调问你找谁，同时獒犬大吠，大门一扇略开小缝，阍者堵着门缝向你盘查。如果应对得体，也许放你进去，也许还要在门外鹄立，等他去报告他也不知是否在家的主人。在许多人的眼里，人分两种：一种是坐汽车的人，一种是没汽车坐的人。至于汽车是怎样来的，租的、买的、公家的、接收的，也没有关系。汽车的样式也没有关系，四方矗耸的高轩也行，摇几十下才能开动的也行，水缸随时开锅冒热气的也行，只要是个能走动的汽车，就能保证车里面的人受到人的待遇。

从宴会出来也往往不能避免一幕悲剧，兴阑人散，主人送客，门口一大串的汽车一个个地把客人接走。这时节你若是无车阶级的，便只好门前伫立，乘人不注意的时候拔步便溜，但是为顾全性命起见，又不能不瞻前顾后地逡巡、徘徊。好心肠的主人一眼瞥见，绝对不准你步行归家，你说想散步也不行，你说想踏月色也不行，非要仆人喊人力车不可。仆人跑到胡同口大喊："洋车！洋车！"声调凄绝，你和主人冷清清地立在门口，要说的话早已说完，该握的手早已握过，灯光惨淡，夜色阑珊，相对无言。有些更体贴的主人老早就替你安排，打听路线，求人顺便把你载回家去。这固然可以省却一番受窘，但是除了一饭之恩以外，又无端地加上了一回车送之恩！而且在车里你还不能咕嘟着嘴，须要强作欢颜，没话找话。

冯谖弹铗而歌，于食有鱼之后，就叹出无车，颇有见地，不是无病呻吟。想冯谖当时，必定饱受无车之苦。

世间最艳羡汽车者，当无过于某一些个女人。浓妆淡抹之后，风摆荷叶，摇曳生姿，而犹能昂然阔步一去二三里者，实在少见，所以古宜乘以油壁香车，今宜乘以汽车。精雕细塑的造像，自然应该衬上红木架座。我知道许多女人把汽车设备列为择偶的基本条件之一，此种设备究能保持多久固不敢必，总以眼前具备此种条件为原则。汽车本身的便利自不消说，由汽车而附带发生的许多花样可以决定整个的生活方式。对于她们，婚姻减去汽车而还能相当美满是不可能的。为了汽车而牺牲其他的条件，也是值得的交易。汽车代表许多东西，优裕、娱乐、虚荣的满足，人们的青睐、殷勤，都会随以俱来。至于婚姻的对方究竟是怎样的一块材料，那是次要的事。一个丈夫顶多重到二百磅[1],一辆汽车可以重到一吨,小疵大醇,轻重若判。

外国一位小说家新出一部作品,许多读者求他在作品上亲笔签署以为光宠,其中有一个读者不仅拿这一部新作品,而且把他过去的作品也都拿来请他签署。这个读者说他的妻子很喜欢他的作品,最近是她的生日,他想拿这一堆她所喜欢的作品作为生日礼物。小说家很是得意,欣然承诺之余,说:"你想出其不意地给她一惊,是不是?""是的,她一定会大吃一惊,她原是希望生日那天能得一辆雪佛兰!"这是美国杂志上的一个小故事。在号称平均五人有一辆汽车的美国,也还有想得汽车而不可得的妻子,何况是在洋车、三轮车满街跑的国度里?

一队骆驼挂着铜铃,驮着煤袋,从城墙旁边由一个棉衣臃肿的乡下人牵着走过,那个侧影可以成为一幅很美妙的摄影作品,悬在外国人客厅里显着很朴雅可爱。外国人到中国来,喜欢坐人力车,跷起一条长腿拿着一根小杖敲着车夫的头指示他转弯,外国人喜欢看"骆驼祥子",外国人喜欢给洋车夫照相。可是我们不愿保存这样的国粹,

---

[1] 英美制质量或重量单位。1磅合0.4536千克。

我们也要汽车载货,我们也要汽车代步。我们不要老牛破车,我们要舒适速度,汽车应该成为日用品。可是有一样,如果汽车几十年内还不能成为大众的日用品,只是给少数人利用享受,作为大众的诅咒的对象,这时节汽车便是有一点"不合国情"。

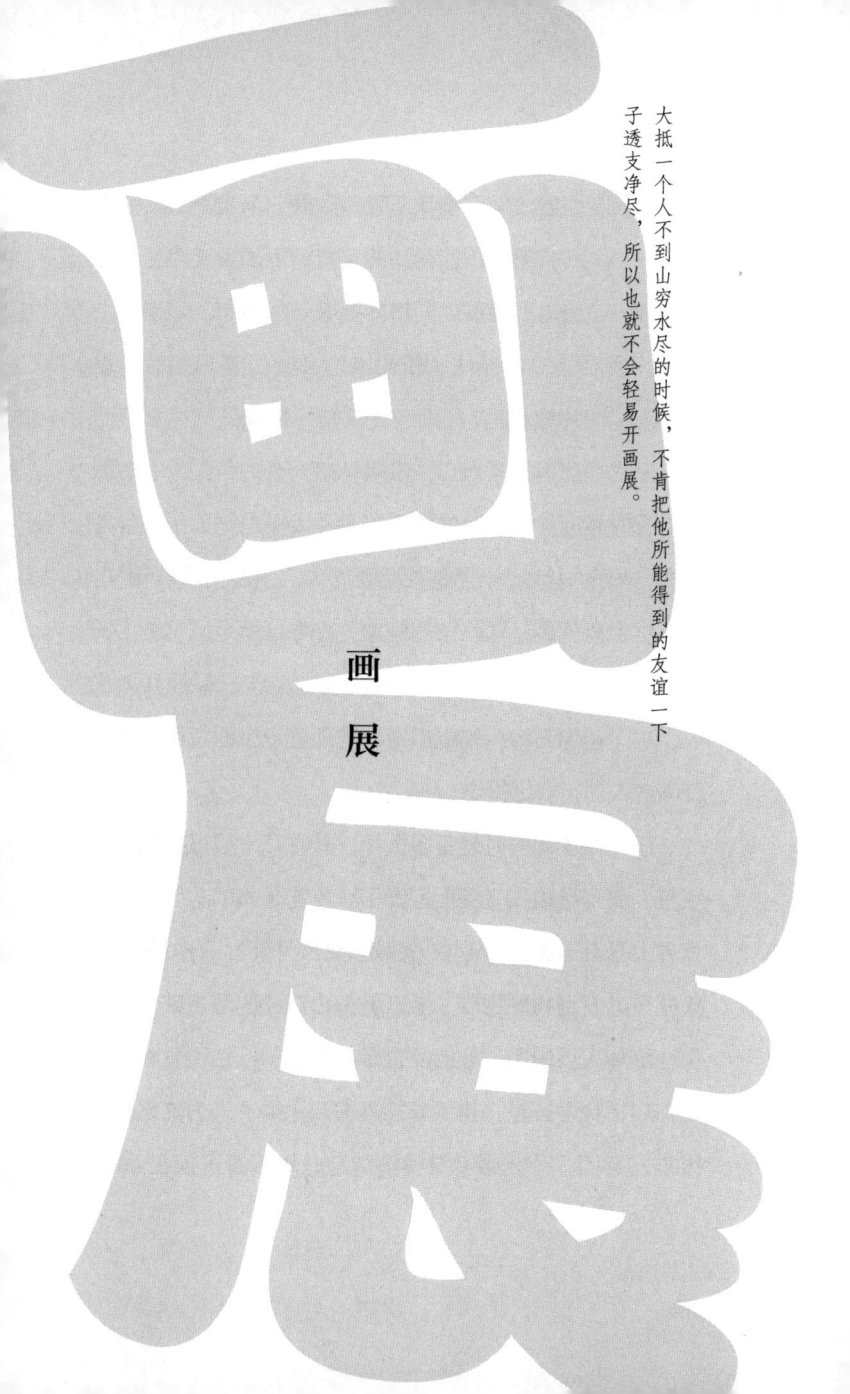

大抵一个人不到山穷水尽的时候,不肯把他所能得到的友谊一下子透支净尽,所以也就不会轻易开画展。

画展

我参观画展，常常感觉悲哀。大抵一个人不到山穷水尽的时候，不肯把他所能得到的友谊一下子透支净尽，所以也就不会轻易开画展。门口横挂着一条白布，如果把上面的"画展"二字掩住，任何人都会疑心是追悼会。进得门去"一片缟素"，仔细一看，是一幅幅的画，三三两两的来宾在那里指指点点，叽叽喳喳，有的苦笑，有的撇嘴，有的愁眉苦脸，有的挤眉弄眼，大概总是面带戚容者居多。屋角里坐着一个蓬首垢面的人，手心上直冒冷汗，这一位大概就是精通六法的画家。好像这不是欣赏艺术的地方，而是仁人君子解囊救命的地方。这一幅像八大山人，那一幅像石涛，幅幅后面都隐现着一个面黄肌瘦嗷嗷待哺的人影，我觉得惨。

任凭你参观的时候是多么早，总有几十幅已经标上了红签，表示已被人赏鉴而订购了。可能是真的。因为现在世界上是有一种人，他有力量造起亭台楼阁，有力量设备天棚鱼缸石榴树肥狗胖丫头，偏偏白汪汪的墙上缺少几幅画。这种人很聪明，他的品位是相当高的，他不肯在大厅上挂起福禄寿三星，也不肯挂刘海戏金蟾，因为这是他心里早已有的，一闭眼就看得清清楚楚用不着再挂在面前，他要的是近似四王、吴、恽甚至元四大家之类的货色。这一类货色是任何画展里都不缺乏的，所以我说那些红签可能是真的，虽然是在开幕以前即已成交。不过也不一定全是真的，第一天三十个红签，如果生意兴隆，有些红签是要赶快取下的，免得耽误了真的顾主，所以第二天就许只剩二十个红签，千万不要以为有十个悬崖勒马的人又退了货。

一幅画如何标价，这虽不见于六法，确是一种艺术。估价要根据成本，此乃不易之论。纸张的质料与尺寸，一也；颜料的种类与分量，二也；裱褙的款式与工料，三也；绘制所用之时间与工力，四也；题识者之身份与官阶，五也——这是全要顾虑到的，至于画的本身之优劣，可不具论。于成本之外应再加多少盈利，这便要看各人心地之薄与脸皮之厚到如何程度了。但亦有两个学说：一个是高抬物价，一幅枯树牛山，硬标上惊人的高价，观者也许咋舌，但是谁也不愿对于风雅显着外行，他至少也要赞叹两声，认为是神来之笔，如果一时糊涂就许订购而去；一个是廉价多卖，在求人订购的时候比较易于启齿而不太伤感情。

画展闭幕之后，画家的苦难并未终止。他把画一轴轴地毕恭毕敬地送到顾主府上，而货价的交割是遥遥无期的。他需要踵门乞讨。如果遇到"内有恶犬"的人家，逡巡不敢入，勉强叩门而入，门房的颜色更可怕，先要受盘查，通报之后，主人也许正在午睡或是有事不能延见，或是推托改日再来，这时节他不能忘，他要隐忍，要有艺术家的修养。几曾看见过油盐店的伙计讨账敢于发急？

画展结束之后，检视行箧，卖出去的是哪些，剩下的是哪些，大概可得如下之结论：着色者易卖，山水中有人物者易卖，花卉中有翎毛者易卖，工细而繁复者易卖，霸悍粗犷吓人惊俗者易卖，章法奇特而狂态可掬者易卖，有大人先生品题者易卖。总而言之，有卖相者易于脱手，无卖相者便"只供自怡悦"了。绘画艺术的水准就在这买卖之间无形中被规定了。下次开画展的时候，多点石绿，多泼胭脂，山水里不要忘了画小人儿，"空亭不见人"是不行的，花卉里别忘了画只鸟，至少也要是一只螳螂知了，要细皴细点，要回环曲折，要有层峦叠嶂，要有亭台楼阁，用大笔，用枯墨，一幅山水可以画得天地头不留余地，五尺捶宣也可以描上三朵梅花而尽是空白。在画法上是之谓画蠹，在画展里是之谓成功。

有人以为画展之事是附庸风雅，无补时艰。我倒不这样想。写字、刻印，以及词章、考证，哪一样又有补时艰？画展只是一种市场，有无相易，买卖自由，不愧于心，无伤大雅。我怕的是，《蜀山图》里画上一辆卡车，《寒林图》里画上一架飞机。

垃圾

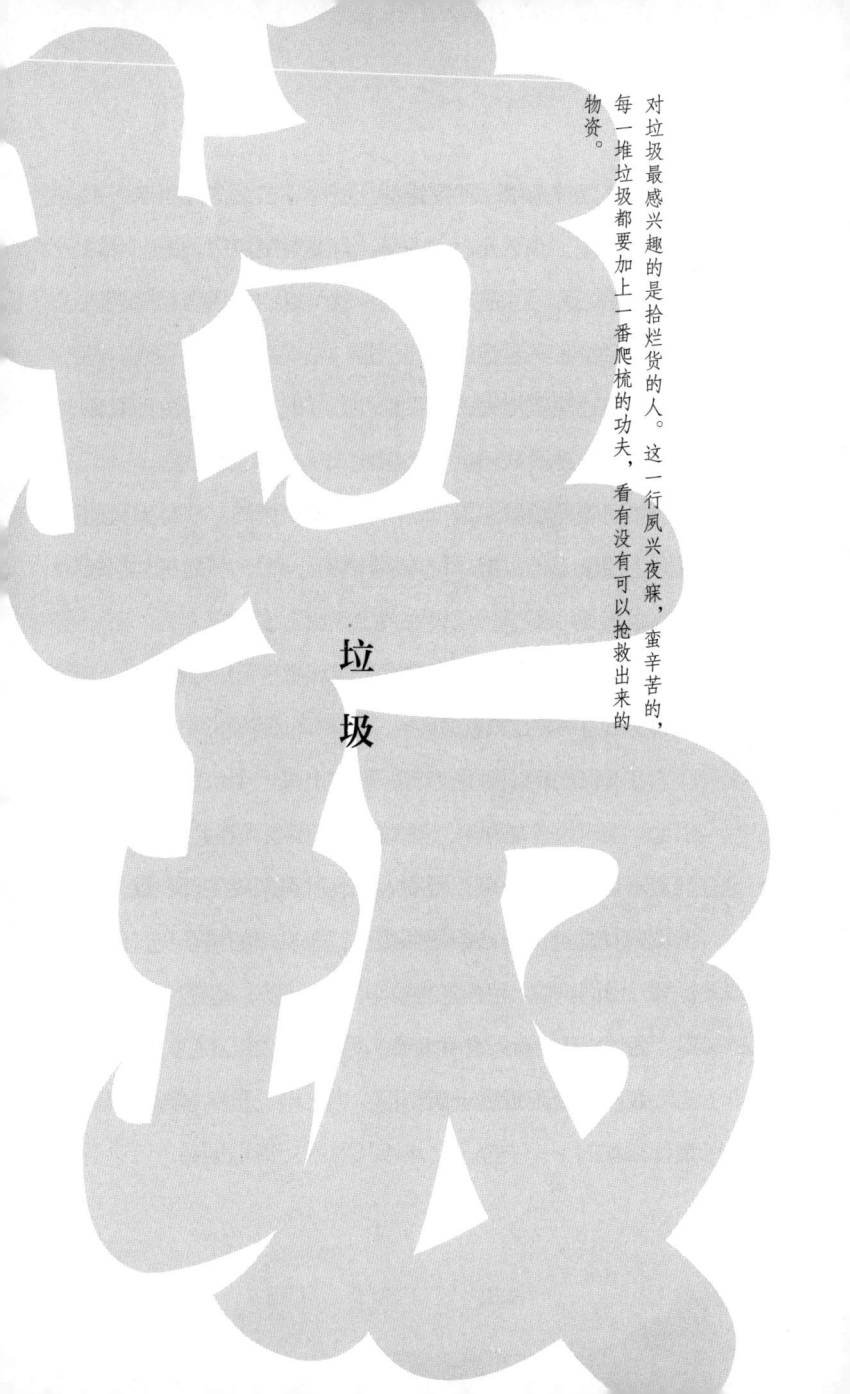

对垃圾最感兴趣的是拾烂货的人。这一行夙兴夜寐,蛮辛苦的,每一堆垃圾都要加上一番爬梳的功夫,看有没有可以抢救出来的物资。

人吃五谷杂粮，就要排泄。渣滓不去，清虚不来。家庭也是一样，有了开门七件事，就要产生垃圾。看一堆垃圾的体积之大小、品质之精粗，就可以约略看出其阶级门第，是缙绅人家还是暴发户，是书香人家还是买卖人，是忠厚人家还是假洋鬼子。吞纳什么样的东西，不免即有什么样的排泄物。

如何处理垃圾，是一个问题。最简便的方法是把大门打开，四顾无人，把一筐垃圾往街上一丢，然后把大门关起，眼不见心不烦。垃圾在黄尘滚滚之中随风而去，不干我事。真有人把烧过的带窟窿的煤球平平正正地摆在路上，他的理由是等车过来就会碾碎，正好填上路面的坑洼，像这样"好心肠"的人到处皆有。事实上每一个墙角、每一块空地，都有人善加利用，倾倒垃圾。多少人在此随意便溺，难道不可以丢些垃圾？行路人等有时也帮着生产垃圾，一堆堆的甘蔗渣、一条条的西瓜皮、一块块的橘子皮，随手抛来，潇洒自如。可怜老牛拉车，路上遗矢，尚有人随后铲除，而这些路上行人食用水果，反倒没有人跟着打扫！

我的住处附近有一条小河，也可以说是臭水沟，据说是什么圳的一个支流。当年小桥流水，清可见底，可以游泳其中；年久失修，渐渐壅淤，水流愈来愈窄而且表面上常漂着五彩的浮渣。这是一个大好的倾倒垃圾之处，邻近人家焉有不知之理。于是穿着条纹睡衣的主妇清早端着便壶往河里倾注；蓬头跣足的下女提着畚箕往河里倒土；还有仪表堂堂的先生往里面倒字纸篓，多少信笺、信封都缓缓地漂流而去，那位先生顾而乐之。手面最大的要算是修缮房屋的人家，把大批的灰泥、砖瓦向河边倒，形成了河埔新生地。有时还从上流漂来一只木板鞋，半个烂文旦，死猫死狗死猪胀得鼓溜溜的！不知是受了哪一位大人先生的恩典，这一条臭水沟被改为地下水道，上面铺了柏油路，从此这条水沟不复发生承受垃圾的作用，使得附近居民多么不便！

在较为高度开发的区域，家门口多置垃圾箱。在应该有两个石狮子或上马蹬的地方站立着一个四四方方的乌灰色的水泥箱子，那样子也够腌臜的。这箱子有门有盖，设想周到，可是不久就会门盖全飞，里面的宝藏全部公开展览。不设垃圾箱的左右高邻大抵也都不分彼此，惠然肯来，把一个垃圾箱经常弄得脑满肠肥。结果是谁安设垃圾箱，谁家门口臭气四溢。箱子虽说是钢骨水泥做的，经汽车三撞五撞，也就由酥而裂而破而碎而垮。

有人独出心裁，在墙根上留上一窦穴，装以铁门，门上加锁，墙里面砌垃圾箱，独家专门，谢绝来宾。但是亦不可乐观，不久那锁先被人取走，随后门上的扣环也不见了，终于是门户洞开，左右高邻仍然是以邻为壑。

对垃圾最感兴趣的是拾烂货的人。这一行夙兴夜寐，蛮辛苦的，每一堆垃圾都要加上一番爬梳的功夫，看有没有可以抢救出来的物资。人弃我取，而且取不伤廉。但是在那一爬一梳之下，原状不可恢复，堆变成了摊，狼藉满地，惨不忍睹。家门以内尽管保持清洁，家门以外不堪闻问。

世界上有许多问题永久无法解决，垃圾可能是其中之一，闻说有些国家有火化垃圾的设备，或使用化学品蚀化垃圾于无形，听来都像是《天方夜谭》的故事。我看了门口的垃圾，常常想到朝野上下异口同声地所谓"起飞"、所谓"进步"。天下物无全美，留下一点缺陷，以为异日起飞、进步的张本，不亦甚善？同时我又想，难以处理的岂止是门前的垃圾，社会上各阶层的垃圾滔滔皆是，又当如何处理？

礼貌

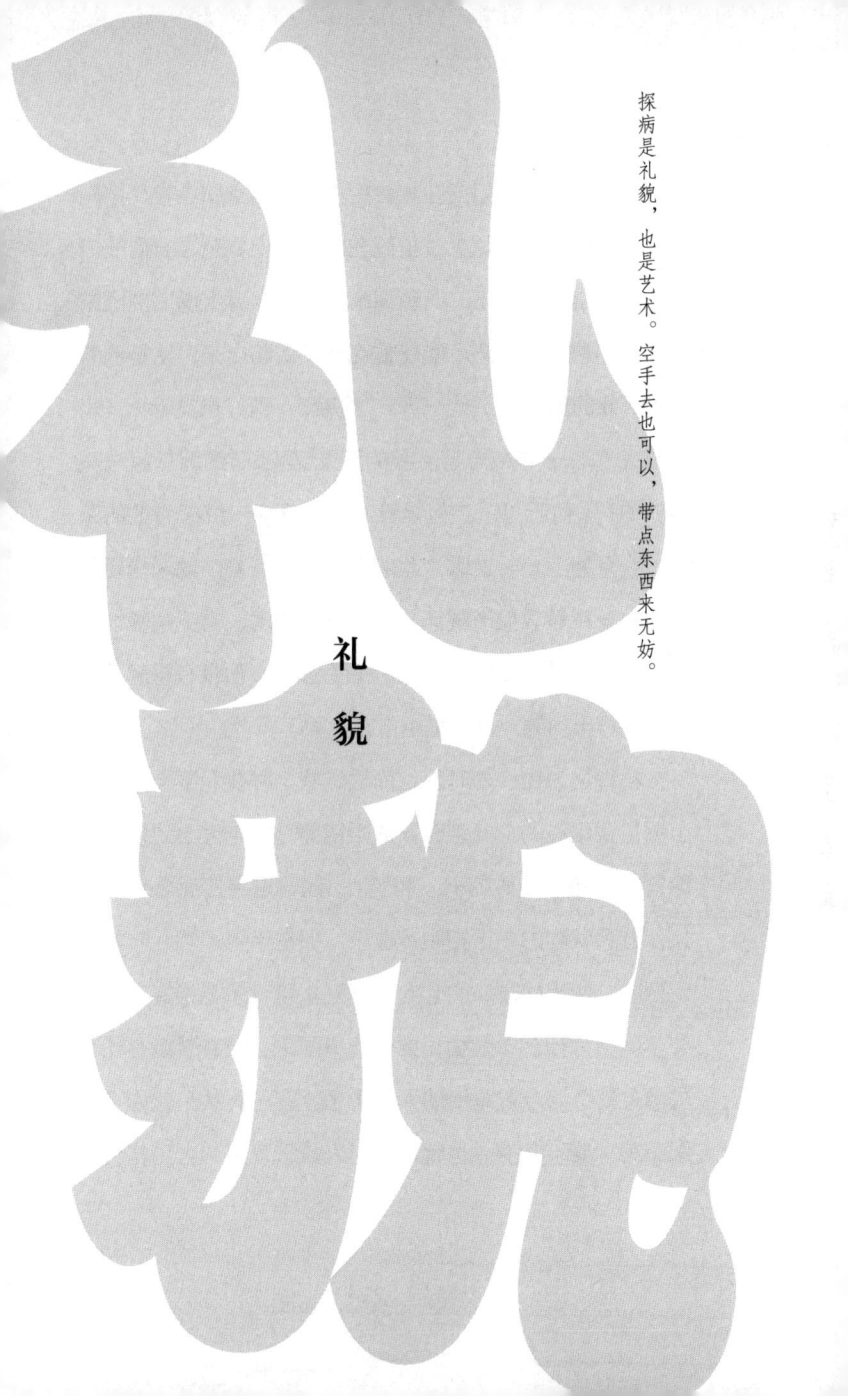

探病是礼貌,也是艺术。空手去也可以,带点东西来无妨。

前些年有一位朋友在宴会后引我到他家中小坐。推门而入，看见他的一位少爷正躺在沙发椅上看杂志。他的姿势不大寻常，头朝下，两腿高举在沙发靠背上面，倒竖蜻蜓。他不怕这种姿势可能使他吃饱了饭呓出来，这是他的自由。我的朋友喊了他一声："约翰！"他好像没听见，也许是太专心于看杂志了。我的朋友又说："约翰！起来喊梁伯伯！"他听见了，但是没有什么反应，继续看他的杂志，只是翻了一下白眼，我的朋友有一点窘，就好像要猴子的敲一声锣教猴子翻筋斗而猴子不肯动，当下喃喃地自言自语："这孩子，没礼貌！"我心里想：他没有跳起来一拳把我打出门外，已经是相当有礼貌了。

礼貌之为物，随时随地而异。我小时在北平，常在街上看见戴眼镜的人（那时候的眼镜都是两个大大的滴溜圆的镜片，配上银质的框子和腿）。他一遇到迎面而来的熟人，老远就唰的一下把眼镜取下，握在手里，然后向前紧走两步，两人同时口中念念有词互相蹲一条腿请安。我至今不明白为什么二人相见要先摘下眼镜。戴着眼镜有什么失敬之处？如今戴眼镜的人太多了，有些人从小就成了四眼田鸡，摘不胜摘，也就没人见人摘眼镜了。可见礼貌随时而异。

　　人在屋里不可以峨大冠，中外皆然，但是在西方则女人有特权，屋里可以不摘帽子。尤其是从前的西方妇女，她们的帽子特大，常常像是头上顶着一个大鸟窝，或是一个大铁锅，或是一个大花篮，奇形怪状，不可方物。这种帽子也许戴上摘下都很费事，而且摘下来也难觅放置之处，所以妇女可以在室内不摘帽子。多半个世纪之前，有一次在美国，我偕友进入电影院，落座之后，发现我们前排座位上有两位戴大花冠的妇人，正好遮住我们的视线。我想从两顶帽子之间的空隙窥看银幕亦不可得，因为那两顶大帽子不时地左右移动。我忍耐不住，用我们的国语低声对我的友伴说："这两个老太婆太可恶了，大帽子使得我无法看电影。"话犹未了，一位老太婆转过头来，用相当纯正的中国话对我说："你们二位是刚从中国来的吗？"言罢把帽除去。我窘不可言。她戴帽子不失礼，我用中国话背后斥责她，倒是我没有礼貌了。可见礼貌也是随地而异。

　　西方人的家是他的堡垒，不容闲杂人等随便闯入，朋友访问以时，而且照例事前通知。我们在这一方面的礼貌好像要差一些。我们的中上阶级人家,深宅大院,邻近的人不会随便造访。中下的小户人家,两家可以共用一垛墙,跨出门不需要几步就到了邻舍,就容易有所谓串门子闲聊天的习惯。任何人吃饱饭没事做,都可以踱到别人家里闲磕牙,也不管别人是否有工夫陪你瞎嚼蛆。有时候去的真不是时候,令人窘,例如在人家睡的时候,或吃饭的时候,或工作的时候,实在诸多不便,然而一般人认为这不算是失礼。一聊没个完,主人打哈欠,看手表,客人无动于衷,宾至如归。这种串门子的陋习,如今少了,但未绝迹。

探病是礼貌,也是艺术。空手去也可以,带点东西来无妨。要看彼此的关系和身份加以斟酌。有的人病房里花篮堆积如山,像是店铺开张,也有病人收到的食物冰箱里装不下。探病不一定要面带戚容,因为探病不同于吊丧,但是也不宜高谈阔论有说有笑,因为病房里究竟还是有一个病人。别停留过久,因为有病的人受不了,没病的人也受不了。除非特别亲近的人,我想寄一张探病的专用卡片不失为彼此两便之策。

吊丧是最不愉快的事,能免则免。与死者确有深交,则不免抚棺一恸。人琴俱亡，不执孝子手而退，抚尸陨涕，滚地作驴鸣而为宾客笑都不算失礼。吊死者曰吊，吊生者曰唁。对生者如何致唁语，实在难于措辞。我曾见一位孝子陪灵，并不匍匐地上，而是跷起二郎腿坐在椅子上，嘴里叼着纸烟，悠然自得。这是他的自由，然而不能使吊者大悦。西俗，吊客照例绕棺瞻仰遗容。我不知道遗容有什么好瞻仰的，倒是我们的习惯把死者的照片放大，高悬灵桌之上，供人吊祭，比较合理。或多或少患有"恐尸症"的人，看了面如黄蜡白蜡的一张面孔，会心里难过好几天，何苦来哉？在殡仪馆的院子里，通常麇集着很多的吊客，不像是吊客，像是一群人在赶集，热闹得很。

关于婚礼，我已谈过不止一次，不再赘。

饮宴之礼，无论中西都有一套繁文缛节。我们现行的礼节之最令人厌烦的莫过于敬酒。主人敬酒是题中应有之义，三巡也就够了。客人回敬主人，也不可少。唯独客人与客人之间经常不断地举杯，此起彼落，也不管彼此是否相识，也一一地皮笑肉不笑地互相敬酒。有些人根本不喝酒，举起茶杯汽水杯充数。有时候正在低头吃东西，对面有人向你敬酒，你若没有觉察，对方难堪，你若随时敷衍，不胜其扰。这种敬酒的习惯，不中不西，没有意义，应该简化。还有一项陋习就是劝酒，说好说歹，硬要对方干杯，创出"先干为敬"的谬说，要挟威吓，最后是捏着鼻子灌酒，甚至演出全武行，礼貌云乎哉？

风水

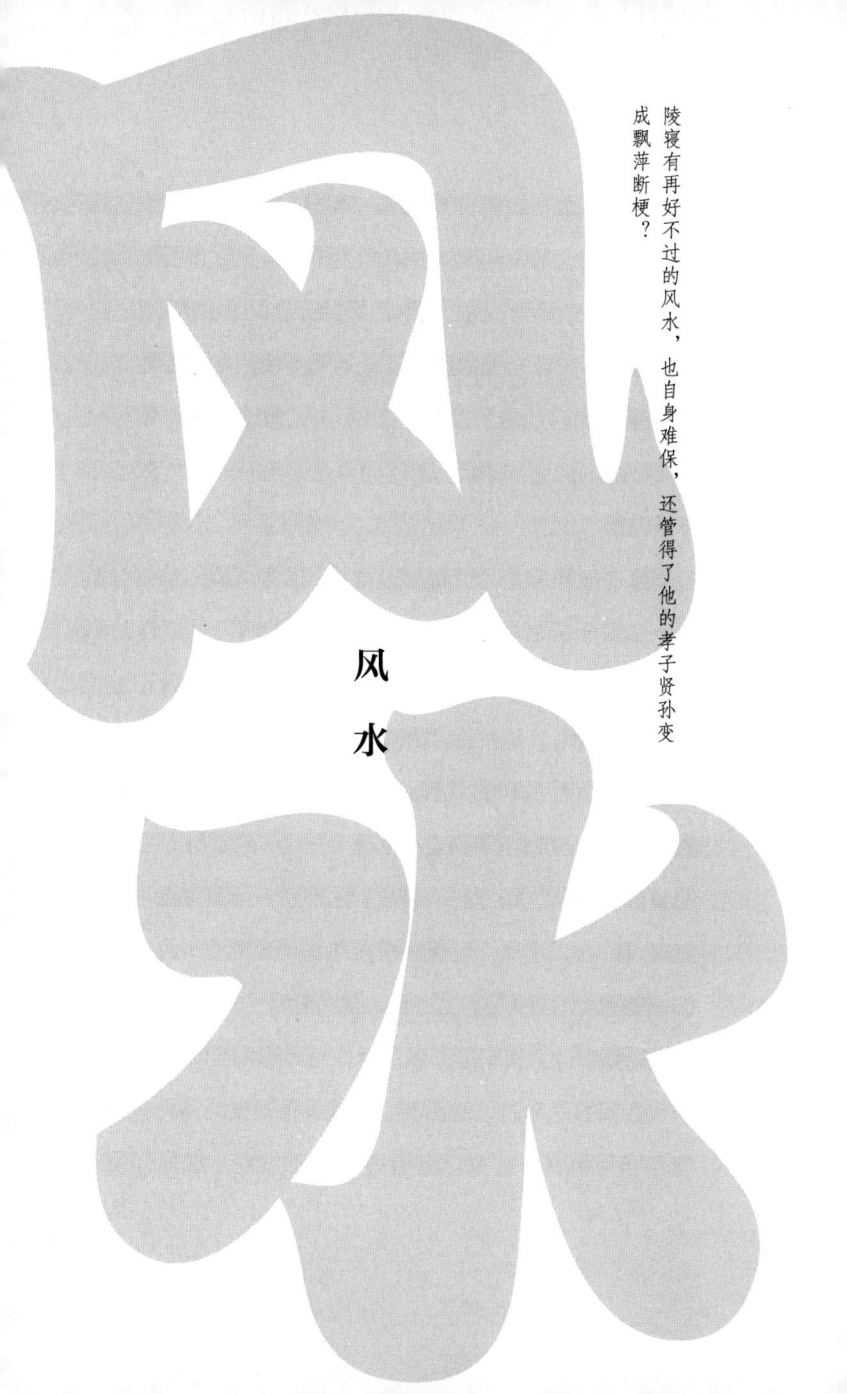

陵寝有再好不过的风水,也自身难保,还管得了他的孝子贤孙变成飘萍断梗?

何谓风水？相传郭璞所撰《葬书》说："葬者乘生气也。经曰，气乘风则散，界水则止。古人聚之使不散，行之使有止，故谓之风水。"这话好像等于没说。揣摩其意，大概是说，丧葬之地须要注意其地势环境，尽可能地要找一块令人满意的地方。至于什么"气乘风则散，界水则止"，就有点近于玄虚，人死则气绝，还有什么气散气止之可说？

葬地最好是在比较高亢的地方，因为低隰的地方容易积水，对于死者骸骨不利；如果地势开阔爽朗，作为阴宅，子孙看着也会觉得心安。这都是可以理解的。不过一定要寻龙探脉，找什么"生龙口"，那就未免太难。堪舆家所谓的各种各样的穴形，诸如"七星伴月形""双燕抱梁形""游龙戏水形""美女献花形""金凤朝阳形""乌鸦归巢形""猛虎擒羊形""骑马斩关形"……无穷无尽的藏风聚气的吉穴之形，堪舆家说得头头是道，美不可言。我们肉眼凡胎，不谙青乌之术，很难理解，只好姑妄听之。更有所谓"阴刀出鞘形"者，就似乎是想入非非了。

吉穴的形势何以能影响到后代子孙的发旺富贵，这道理不容易解释。历来学者有许多对于风水之说抱怀疑态度。《张子全书》："葬法有风水山冈之说，此全无义理。"全无义理，就是胡说乱道之意。司马光《葬论》："《孝经》云：'卜其宅兆。'非若今阴阳家相其山冈风水也。"他也是一口否定了风水的说法。可是多少年来一般民众卜葬尊亲，很少不请教堪舆家的，好像不是为死者求福，而是为后人的富贵着想。活人还想讨死人的便宜。死人有剩余价值，他的墓地风水还能给活人以福祉灾殃！"不得三尺土，子孙永代苦。"真有这种事吗？

有人仕途得意，历经宦海风波，而保持官职如故，人讽之为五朝元老，彼亦欣然以长乐老为荣。或问其术安在，答曰："祖坟风水佳耳。"后来失势，狼狈去官，则又曰："听说祖坟上有一棵大树如盖，乃风水所系，被人砍去，遂至如此。"不曰富贵在天，乃云富贵在地！在一棵树！

人做了皇帝，都以为是子孙万世之业，并且也知道自古没有万岁天子，所以通常在位时就兴建陵寝。风水之佳，规模之大，当然不在话下。我曾路过咸阳，向导遥指一座高高大大的土丘说："那就是秦始皇墓。"我当然看不出那地方风水有什么异样，我只知道他的帝祚不永，二世而斩。近年他的坟墓也被掘得七零八落了。陵寝有再好不过的风水，也自身难保，还管得了他的孝子贤孙变成飘萍断梗？近如清朝的慈禧太后，活的时候营建颐和园，造孽还不够，陵寝也造得坚固异常，然而曾几何时禁不住孙殿英的火药炮轰，落得尸骨狼藉。或曰：这怪不得风水，这是气数已尽。既讲风水，又说气数，真是横说横有理，竖说竖有理。

阴宅讲风水，阳宅焉能不讲？民间最起码的风水常识是大门要开在左方。《礼记·曲礼上》："行，前朱鸟而后玄武，左青龙而右白虎。"其实这是说行军时旌旗的位置。后来道家思想才以青龙为最贵之神，白虎为凶神。门开在右手则犯冲了太岁。迄今一般住宅的大门（如果有大门）都是开在左方的。大家既然尚左，成了习俗，我们也就不妨从众。我曾见有些人家，重建大门，改成斜的，是真所谓"斜门"！吉凶祸福，原因错综复杂，岂是两扇大门的位置方向所能左右的？车靠左边走，车靠右边行，同样会出车祸。

不知道为什么别人家的山墙房脊冲着我家就于我不利，普通的禳避之法是悬起一面镜子，把迎面而来的凶煞之气轻而易举地反照回去,让对方自己去受用。如果镜子上再画上八卦,则更有除邪厌胜的效力。太上老君、诸葛孔明和捉鬼的道士不都是穿八卦衣吗?

据说都市和住宅的地形也事关风水,不可等闲视之。《朱子语录》:"古今建都之地,莫过于冀,所谓无风以散之,有水以界之也。"可是看看那些建都之地,所谓的王气也都没有能延长多久,徒令后人兴起铜驼荆棘之感。北平城墙不是完全方方正正的,西北角和东南角都各缺一块,据说是像"天塌西北地陷东南",谁也不知道这究竟起了什么作用,只知道如今城墙被拆除了。住宅的地形如果是长方形,前面宽而后面窄,据说不仅是没有裕后之象,而且形似棺木,凶。前些年我就住过这样的一栋房子,住了七年,没事。先我居住此房者和在我以后迁入者,均奄忽而殁,这有什么稀奇,人孰无死?有一位朋友,其家背山面水,风景奇佳,一日大雨山崩,人与屋俱埋于泥沙之中,死生有命,非关风水。

近来新官上任,纵不修衙,那张办公桌子却要摆来摆去,斟酌再三,总要摆出一个大吉大利的阵式。一般人家安设床铺也要考虑,大概面西就不大好,怕的是一路归西。西方本是极乐世界所在,并非恶地。床无论面向何方,人总是一路往西行的。

客有问于余者曰:"先生寓所,风水何如?"我告诉他,我住的地方前后左右都是高楼大厦,我好像是藏身谷底,终日面壁,罕见阳光,虽然台风吹来,亦不大有所感受,还说什么风水?出门则百尺以内,有理发馆六七处,餐厅二十多家,车龙马水,闹闹哄哄,还说什么风水?自求多福,如是而已。

运动

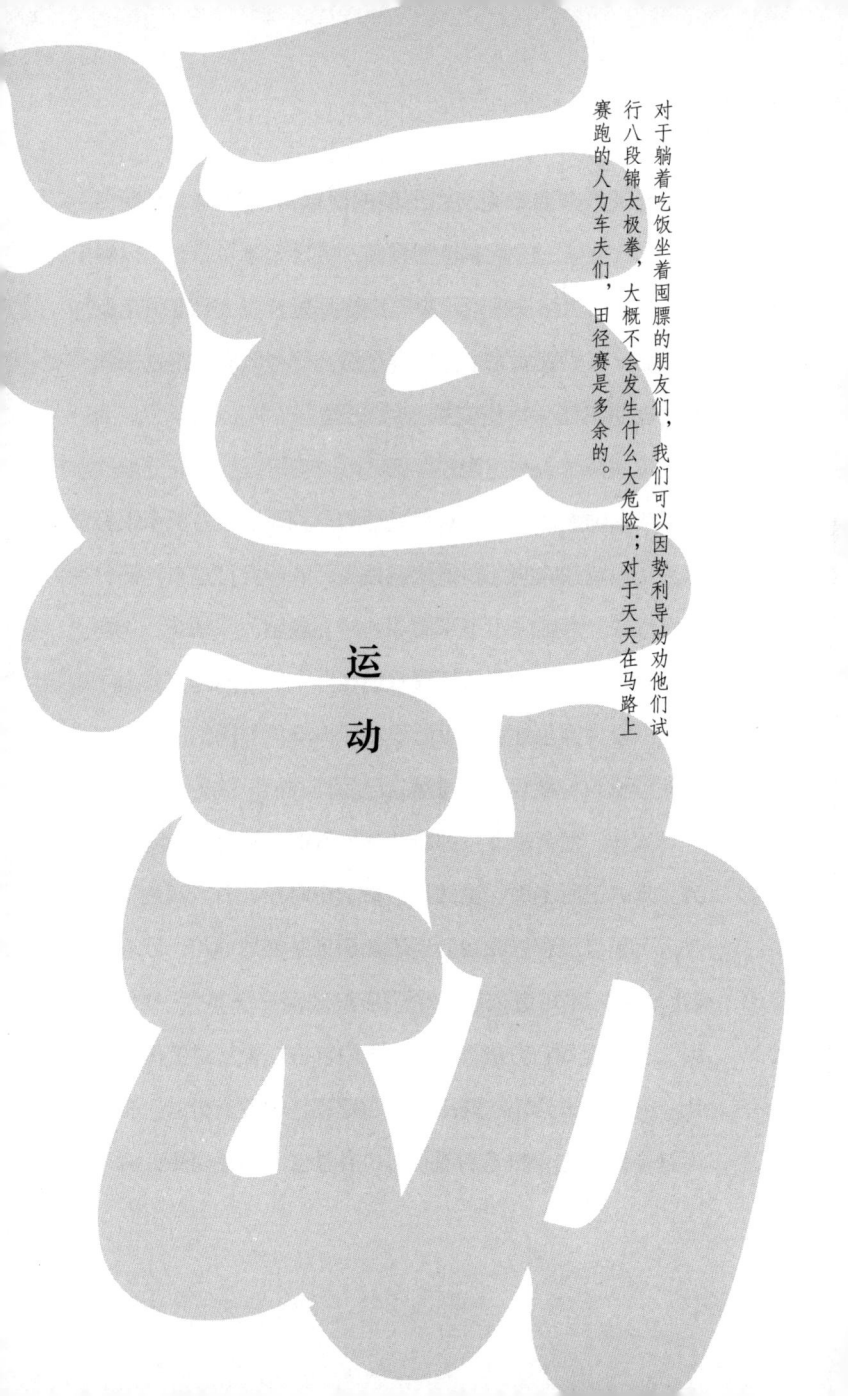

对于躺着吃饭坐着囤膘的朋友们，我们可以因势利导劝劝他们试行八段锦太极拳，大概不会发生什么大危险；对于天天在马路上赛跑的人力车夫们，田径赛是多余的。

大概是李鸿章吧，在出使的时候道出英国，大受招待。有一位英国的皇族特别讨好，亲自表演网球赛，以娱嘉宾。我们的特使翎顶袍褂地坐在那里参观，看得眼花缭乱。那位皇族表演完毕，气咻咻然，汗涔涔然，跑过来问大使表演如何。特使戚然曰："好是好，只是太辛苦，为什么不雇两个人来打呢？"我觉得他答得好，他充分地代表了我们国人多少年来对于运动的一种看法。看两个人打球，是很有趣味的，如果旗鼓相当，砰一声打过来，砰一声打过去，那趣味不下于看斗鸡、斗鹌鹑、斗蟋蟀。人多少还有一点蛮性的遗留，喜欢站在一个安逸的地方看别个斗争，看到紧急处自己手心里冷津津地捏着两把汗，在内心处感觉到一种轻松。可是自己参加表演，就犯不着，累一身大汗，何苦来哉？摔跤的，比武的，那是江湖卖艺者流，士君子所不取。虽然相传自黄帝时候就有"蹴鞠"之戏，可是自汉唐以降我们还不知道谁是蹴球健将，我看了《水浒传》才知道宋朝一个"浮浪破落户子弟""高俅那厮"，"最是踢得好脚气球"。我们自古以来就讲究雍容揖让，纵然为了身体的健康做一点运动，也要有分寸，顶多不过像陶侃之"日运百甓"，其用意也无非是习劳，并不曾想把身体锻炼得健如黄犊。

士大夫阶级太文明了，太安逸了，固然肢体都要退化，有变成侏儒的危险，肩不能挑担，手不能提篮，有变为废物的可能，但是在另一方面，所谓的广大民众又嫌太劳苦了，营养不足，疲劳过度，吃不饱，睡不足，一个个的面如削瓜，身体畸形发展，抬轿的肩膀上头有一块红肿的肉隆起如驼峰，挑水的脚筋上累累的疙瘩如瘿木，担石头的空手走路时也佝偻着腰像是个猿人，拉车子的鸡胸驼背，种庄稼的胼手胝足——对于这一般人，我们实在不愿意再提倡运动，我们要提倡的是生活水准的提高，然后他们可以少些运动。对于躺着吃饭坐着囤臕的朋友们，我们可以因势利导劝劝他们试行八段锦太极拳，大概不会发生什么大危险；对于天天在马路上赛跑的人力车夫们，田径赛是多余的。

外国人保留的蛮性要比我们多一些，也许是他们去古未远的缘故。看他们打架的方式就可以知道，一言不合，便是直接行动，看谁的胳臂力量大，不像我们之善于口角，干打雷不下雨。外国人的运动方式也多少和野蛮人的生活方式有些关联。我看过美国人赛足球，事前的准备不必提，单说比赛前夕的那个"鼓勇会"（Pep Meeting）就很吓人：在旷地燃起一堆烽火，大家围着火旋转叫嚣，熊熊的火光在每人的脸上照出一股"血丝糊拉"的狞恶相，队员被高高地举起在肩头上，像是要去做祭凶神的牺牲，只欠一阵阵咚咚的鼓，否则就很像印第安人战前的祭礼了。比赛的凶猛也不必提，只要看旁边助威的啦啦队，那真是如中疯魔生龙活虎一般，我们中国的所谓啦啦队轻描淡写的，比起来只能算是幼年歌咏团。再说掷标枪，那不是和南非野人打猎一模一样的吗？打拳，那更是最直截了当的性命相扑。可是我说这些话并不含褒贬的意思。现在的外国人究竟不是野蛮人，他们很早就在运动中建立起一套规矩，抽象地叫作运动道德。我们中国人素来不好运动，可是一运动起来就很容易口咬足踢连骂带打了。

美国学校的球队训练员是薪给最高的职位，如果他能训练出一队如狼似虎的队员在运动场上建立几次殊勋，他立刻就可以给学校收很大的招徕的功效。"所谓大学，即是一座伟大运动场附设一个小小的学院。"把运动当作一种霓虹广告，在外国已为人诟病，在中国某一些学校里仍然不失其为时髦。学校里体育功课不可少，一星期一小时，好像是纪念性质。一大群面有菜色的青年总可以挑出若干彪形大汉，供以在中国算是特殊的膳食，施以在外国不算严格的训练，自然都还相当茁壮，伸出胳臂来一连串的凸出的肉腱子，像是成串的陈皮梅似的，再饰以一身鲜明的服装，相当壮观，可惜的是这仅仅是样品而已。这些样品能滋生出更有价值的样品——锦标、银杯。没有锦标、银杯，校长室和会客室里面就太黯淡了。

有人说，人的筋肉、骨骼的发达是和脑筋的发达成正比例的。就整个的民族而言，也许是的，就个人分别而言，可是例外太多。在学校里谁都知道许多脑力过人的人往往长得像是一颗小蹦豆，好多在运动场上打破纪录的人在智力上并不常常打破纪录，除非是偶然地破留校年数的纪录。还有一层，运动和体育不同，犹之体格健壮与飞檐走壁不同。体格健壮是真正的本钱，可以令人少生病多做事，至于跳得高跑得快玩起球来"一似鳔胶粘在身上"，那当然也是一技之长，那意义不在耍坛子、举石锁、踩高跷、踏软绳之下。

为了四亿以上的人建筑一座运动场，不算奢侈。我参观过一座运动场，规模不算小，并且曾经用过一次，只是看台上已经长了好几尺高的青草,好像是要兼营牧畜的样子。我当时的感想,就和我有一次看见我们的一艘军舰的铁皮上长满海藻蚌蛤时的感想一般。

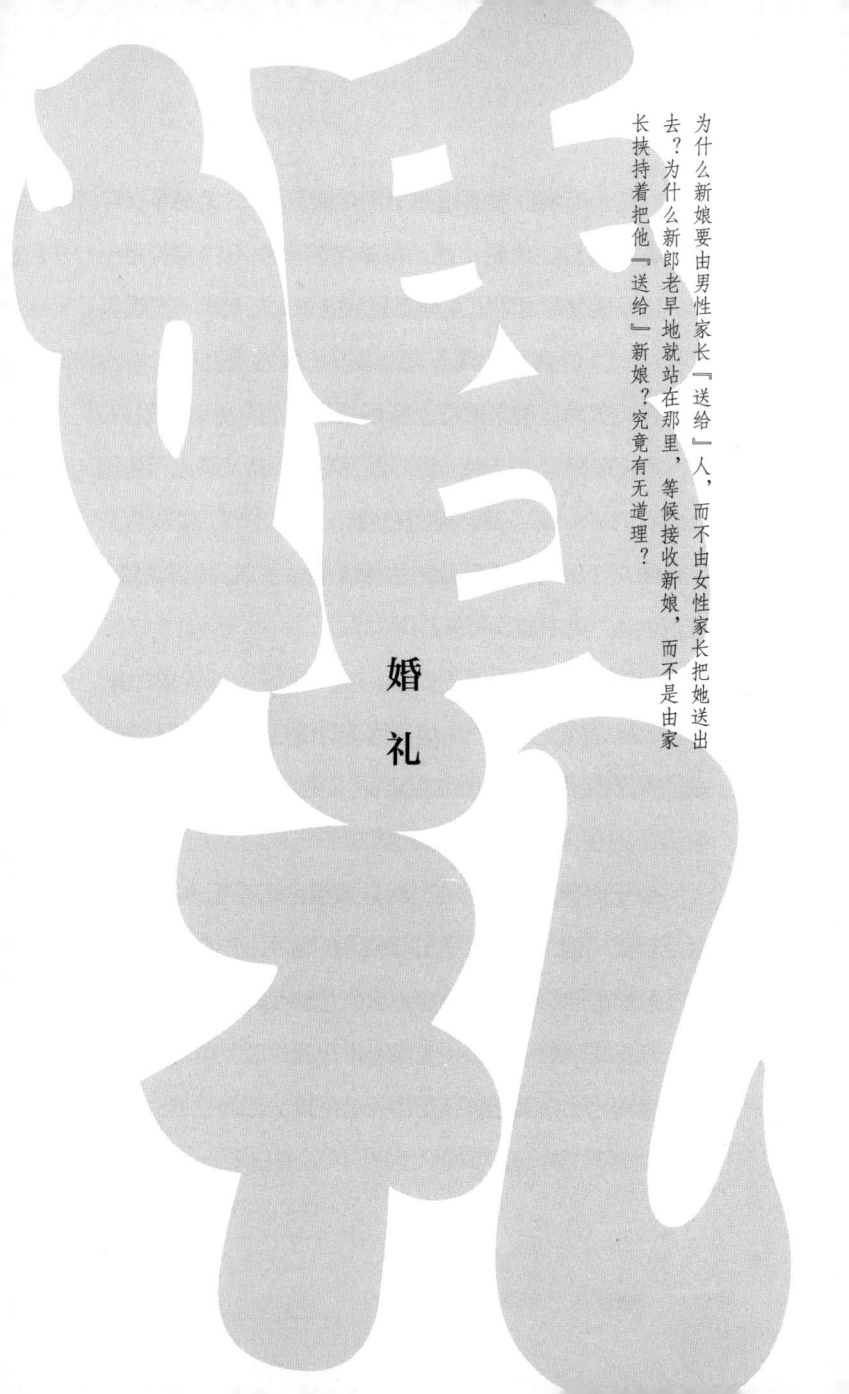

为什么新娘要由男性家长「送给」人，而不由女性家长把她送出去？为什么新郎老早地就站在那里，等候接收新娘，而不是由家长挟持着把他「送给」新娘？究竟有无道理？

婚礼

一般人形容一般的婚礼为"简单隆重"。又简单又隆重，再好不过。但是细想，简单与隆重颇不容易合在一起。隆是隆盛的意思，重是郑重的意思，与简单一义常常似有出入。烫金红帖漫天飞，席开十桌八桌乃至二三十桌，杯盘狼藉，嘈杂喧阗。新娘三换服装，做时装表演，正好违反了蔡邕"一朝之晏，再三易衣，从庆移坐，不因故服"的"女诫"。新郎西服笔挺，呆若木鸡。证婚人语言无味，介绍人嬉皮笑脸，主婚人形如木偶。隆则隆矣，重则未必，更不能算简单。

我国婚礼，自古就不简单。《礼记·昏义》："昏礼者，将合二姓之好，上以事宗庙，而下以继后世也，故君子重之。"传宗接代的事，所以要隆重。"是以昏礼纳采，问名，纳吉，纳征，请期，皆主人筵几于庙，而拜迎于门外，入，揖让而升，听命于庙，所以敬慎重正昏礼也。"随后就是新郎亲迎，女家"筵几于庙"，婿揖让升堂，再拜奠雁。最后是迎妇以归，"共牢而食，合卺而酳"，大事告成。这一套仪式，若干年来，当然有不少的修改，但是基本的精神大致未变，仍是铺张扬厉，仍是以父母为主体，以当事人为主要工具。男娶妇曰授室，女嫁夫曰于归。

民初以来所谓文明结婚的仪式,一直沿用到现在,其实不见得怎样文明。最令人不解的是仪式之中冒出来一个证婚人——多半是一个机关首长什么的,再不就是一位年高确实有征而德劭尚待稽考的人,他的任务是宣读结婚证书,然后说几句空空洞洞的废话。从前有"新娘搀上床,媒人扔过墙"之说,如今则是证婚人等到大家用过印,就被人挟持扶下台。如果他运气好,会有人领他到铺红桌布的主要席次,在新郎新娘高据首席之下敬陪末座。否则下得台来,没有人理,在拥挤的席次之间彷徨逡巡一阵,臊不搭的只好溜走了事。若是婚后数日,男家家长带着儿子媳妇和一篮水果什么的到证婚人家中拜谢,那是难得一见的殊荣。

新娘由两个伴娘左右扶持也就够排场的了,但是近来还经常有人采用西俗,由女方男性家长(或代理家长)挟持着新娘,把她"送给"男方。而且还要按着一架破钢琴(或录音机)奏出的进行曲的节奏,缓缓地以蜗步走到台前。也有人不知受了什么高人导演,一步一停,像玩偶中的机器人一样动作有节。为什么新娘要由男性家长"送给"人,而不由女性家长把她送出去?为什么新郎老早地就站在那里，等候接收新娘，而不是由家长挟持着把他"送给"新娘？究竟有无道理？

子曰："礼，与其奢也，宁俭。"是泛指一般的礼而言，当然也包括婚礼在内。在这里俭也就是简单的意思。西俗婚礼较为简单，但是他们有人还嫌不够简单。从前，苏格兰敦福利县春田乡附近有一个小村落格雷特纳（Gretna），离英格兰西北部的卡利尔只有八里，那个地方的结婚典礼既不需牧师主持，亦不必请领什么证书，更不要预告的那种手续，只要双方当事人对一位证人宣称同意结婚就行了。而那位证人通常是当地的铁匠。一时的私奔的男女趋之若鹜，号称为"格雷特纳草原结婚"（Gretna Green marriages）。这风俗延至一八五六年才告终止。这方式简单之至，实在也没有什么不好，不晓得何以终于废弃。结婚是两个人的事，何需牧师参与其间。男女相悦，欲结秦晋之好，也没有绝对必要征求家长同意。必须要个证人，表示其非私奔，则乡村铁匠最为便当。从前一个乡村铁匠是当地尽人皆知的一个响当当的人物。在铁匠面前，三言两语把终身大事解决了，岂非简单之至？

听说美国近年来有所谓"快速结婚"。南卡罗来纳州狄龙市政府公证处设立了一个结婚礼堂，除圣诞节休息一日外，全年开放，周末还特别延长服务时间。凡年满十六岁男子与年满十四岁女子，无论来自何处，不需体检，不必验血，一律欢迎。只需家长同意，于二十四小时前申请，缴注册费四十元，公证处即派员主持结婚典礼，费时不超过五分钟。结婚人不必穿礼服，任何服装均可，牛仔裤、衬衫、工作服任听尊便。简单迅速，皆大欢喜。五分钟完成婚礼不一定就是不隆重，婚礼本不是表演给人观赏的。我国法院的公证结婚相当简单，不过也还要有一位法官行礼如仪，似嫌多事。那位法官所披的法衣，白领往往污黑，和新娘的白纱礼服不大相称。公证结婚之后，也曾有人再行大宴宾客，借用学校礼堂操场席开一二百桌，好像是十分风光，实则迹近荒唐，人人为之侧目。当然这种荒唐闹剧也不是完全没有道理的，有人估计，像这样的敬治喜筵可以收回为数可观的喜敬，用以开销尚有余羡。此种行径，名曰"撒网"，距离隆重之义何止十万八千里。

听说有人结婚不在教堂行礼，也不在家里或是餐厅里，而是在运动场里、滑冰场上、游览车中，甚至不在地面上而是在天空的飞机里面。地点的选择是人人有自由的，制造噱头也不犯法，成为新闻有人还很得意。

  然则婚礼如何才能简单隆重？初步的建议是，做父母的退出主办的地位，别乱发请帖，因为令郎令爱的婚事别人并不感觉兴趣，在家里静静地等着抱孙子就可以了。至于婚礼，让小两口子自己瞧着办。

求雨

说老实话,久旱之后必定会有雨,久雨之后也必定会天晴。这是自然之道,与求不求没有关系。

一九八三年九月二十五日报纸,桃园县"新屋观音两乡农民跪行祈雨六个小时"。仪式很隆重。上午八点不到,穿麻衣的两乡乡长、水利站长、村长代表等十余人,以及一千余名农友,齐集观音乡保生村溥济宫前,向保生大帝表明求祝的意旨后,转往茄冬溪进行"赤手摸鱼"。如摸得鲫鱼则求雨得雨,如摸得虾则求雨无雨,神亦莫能助。摸了二十分钟果然得鲫。众大欢喜。于是一路跪拜返回溥济宫,宣读求雨的祷告文。随后就"出祈",一路跪拜,沿公路到新屋乡的北湖村,三步一拜,五步一跪,到北湖村后折返,一路大喊"求天降下雨",返抵溥济宫已过下午四时。

天久不雨是一件大事。《春秋》就不断地有记载,例如文公二年"自十有二月不雨,至于秋七月",半年多不下雨,当然很严重。《水浒传》里的一首山歌:"赤日炎炎似火烧,野田禾稻半枯焦。农夫心内如汤煮,楼上王孙把扇摇。"其实我们靠天吃饭,果真大旱,把扇摇也不能当饭吃。

求雨之事,古已有之。旱而求雨之大祭曰雩。《公羊传·桓公五年》:"大雩者何?旱祭也。"何休注:"雩,请雨祭名。君亲之南郊，以六事谢过，自责曰：'政不善与？民失职与？宫室崇与？妇谒盛与？苞苴行与？谗夫倡与？'使童男女各八人舞而呼雩，故谓之雩。"旱祭之时，君王谢过自责，虽然是一种虚文，究竟是负责知耻的表现，并不以灾祸完全诿之于天。天灾人祸是两件事，借天灾而反躬自省，不也很好吗？

"东山霖雨西山晴"，雨究竟是地方的事，所以求雨也不能专靠君王。《礼记·月令》："仲夏之月……命有司为民祈祀山川百源，大雩帝，用盛乐。乃命百县雩祀百辟卿士有益于民者，以祈谷实。"这就是要地方官主持雩祭求雨，不但要祭上帝，还要祭造福地方的先贤。多烧香，多磕头，总没有错。下雨不下雨，究竟归谁管，实在说不清楚。桃园县农民请雨，祭的是"保生大帝"，我不晓得他是何方神圣，大概是一位保境安民的地方神吧。不知他是能直接命令雷公电母兴云作雨，还是要转呈层峰上达天庭做最后的核夺。

无论如何，桃园县这两乡的官民人等实在很聪明，在"出祈"之前，先在一条溪里做赤手摸鱼的测验，测验一下天公到底肯不肯下雨。测得相当把握之后，再三步一拜五步一跪地往返祈雨。"杀头的生意有人做，亏本的生意没人做。"若无相当把握，谁肯冒冒失失地就跪拜起来？那岂不是成了亏本生意？不过他们百密一疏，他们似乎没想到摸鱼测验的方法未必可靠。摸到鱼，还是不下雨，怎么办？三步一拜，五步一跪，往返八公里，耗时六小时，这种自虐性的运动不简单。不信，你试试看。人不到情急，谁愿出此下策？这是苦肉计，希望以虔诚的表示来感动上苍。

天旱，又好像不是有好生之德的上帝的意思。《诗·大雅·云汉》："旱魃为虐。"疏："《神异经》云，南方有人，长二三尺，袒身而目在顶上，走行如风，名曰魃，所见之国大旱，赤地千里。一名旱母。"旱神简直是个小妖精。目在顶上，所以目中无人。顶上三尺有青天，所以他也许还知道畏上帝。所以我们求雨来对付他。

唐代段成式《酉阳杂俎》："太原郡东有崖山。天旱，土人常烧此山以求雨。俗传崖山神娶河伯女，故河伯见火，必降雨救之。"烧山求雨是合于"祈祀山川百源"的古礼，但河伯是水神，不知何时和崖山神扯上一门亲事，遂能腾云致雨？天神好像也会徇私。

《春秋左传·僖公二十一年》："夏大旱，公欲焚巫尪，臧文仲曰：'非旱备也。修城郭，贬食，省用，务穑，劝分，此其务也。巫尪何为？'"女巫据说能兴妖作怪，呼风唤雨，当然也能制造大旱，所以僖公要烧死她。这使我们联想到两千二百多年后的一五八九年，苏格兰王詹姆士一世之为了海上遇风而大捕巫婆的一幕。鲁大夫臧文仲说的话颇近于我们所谓兴水利筑水库的一套办法，两千六百多年前我们就有明白人。

神也有时候吃硬不吃软。只有红萝卜而不用棍子是不行的。我记得从前有人求雨，久而无效，乡人就把城隍爷的神像搬出来，褫其衣冠，抬着他在骄阳之下游街，让他自己也尝尝久旱不雨的滋味。据说若是仍然无效，辄鞭其股以为惩。软硬兼施之后，很可能就有雨。

说老实话，久旱之后必定会有雨，久雨之后也必定会天晴。这是自然之道，与求不求没有关系。如今我们有人造雨，虽然功效很有限，可是我们知道水利，可使大旱不致成为大灾。现在沙漠里也可以种菜了。于今之世，而仍三步一拜五步一跪地去求雨，令人不无时代错误之感。可是，我们也不能以愚民迷信而一笔抹杀之。

© 中南博集天卷文化传媒有限公司。本书版权受法律保护。未经权利人许可，任何人不得以任何方式使用本书包括正文、插图、封面、版式等任何部分内容，违者将受到法律制裁。

图书在版编目（CIP）数据

我能把生活过得很好 / 梁实秋著 . -- 长沙：湖南文艺出版社 , 2025.9. --ISBN 978-7-5726-2388-2

Ⅰ. I267

中国国家版本馆 CIP 数据核字第 20258PE654 号

上架建议：畅销·文学

WO NENG BA SHENGHUO GUO DE HEN HAO
我能把生活过得很好

著　　者：梁实秋
出 版 人：陈新文
责任编辑：吕苗莉
监　　制：毛闽峰
策划编辑：史义伟　颜若寒
特约编辑：赵志华
营销编辑：刘珣　李春雪
装帧设计：付诗意
插图绘制：Gomatsu
出　　版：湖南文艺出版社
　　　　　（长沙市雨花区东二环一段 508 号　邮编：410014）
网　　址：www.hnwy.net
印　　刷：三河市鑫金马印装有限公司
经　　销：新华书店
开　　本：775 mm × 1120 mm　1/32
字　　数：140 千字
印　　张：8.5
版　　次：2025 年 9 月第 1 版
印　　次：2025 年 9 月第 1 次印刷
书　　号：ISBN 978-7-5726-2388-2
定　　价：49.80 元

若有质量问题，请致电质量监督电话：010-59096394
团购电话：010-59320018